賣橘子的字我解嘲

馮翊綱

劇本・極短篇

推薦序

《賣橘子的》——笑聲臭臭，心波粼粼

何一梵

從一個學西方戲劇的人眼中，來看阿綱的相聲新作，實在是個奇異的旅程。

我對相聲的記憶，仍停留在魏龍豪、吳兆南的時代，在他們定義的相聲中，《賣橘子的》恐怕有些面目模糊了：它沒有連續不斷的包袱，去讓人笑到喘不過氣。但期待上的落差沒有困窘太久，我的文學神經就在閱讀中開始隱隱騷動：魚容才說了自己的童年，就轉上他父親當流亡學生的經歷；沒停太久，故事就到了紫湖的由來；戰亂的歷史還沒來得及沉重，龍王的童話就把想像帶去真假難分的久遠……敘事自由，幾乎隨心所欲；沒有一件事逼著我們認真，卻又感到沒有一件事允許輕忽。這是遊戲的口吻，卻有史詩的開闊。

米蘭．昆德拉（Milan Kundera）形容西方小說的歷史有上下半場：上半場，自由，不對單一主題認真；下半場，結構嚴謹地為主題服務。這個看法應用在近代西方戲劇的演變亦然：上半場，演員與詩人共舞（代名詞是莎士比亞）；下半場，結構，甚至是公式，為目的與主題服務（新古典主義以後所有亞里斯多德戲劇典範的變形）。在下半場的喜劇，包袱或笑點是結構服務的目的，是被精確設計的效果，傻子、愚行、誤會、巧合、冤枉、雙關語、雜耍特技……全是設計的手段，目的在搏君一笑，偶爾，也順便偷渡一點道德或批判的訊息。在這種戲劇中，編劇是騙子，看戲的成了被操縱的傻子。

上半場的戲劇中，敘事本身成了魔幻的旅程，敘事的鬆散，其實是引君入座的頭等艙，觀眾更為自由，他的想像力更被尊重，成了上路的引擎。《仲夏夜之夢》忽而宮廷，忽而森林，情侶不識工匠，仙界又擾亂人間……而我們卻連誰是主角都說不準。還不快活？「請讓你的想像力運作（On your imaginary forces work）」，《亨利五世》一開場，莎士比亞如是說。

《賣橘子的》不單是把我帶離了傳統相聲，而是把我這個浸淫在現代戲劇（發軔於對新古典主義的反叛）與莎士比亞的人，帶回了熟悉又愉悅的世界。

這愉悅，不來自單單坐在那兒等著被逗樂，而是在記憶中不斷複習不停送上的場景、畫面、時代，甚至知識：《西遊》、《水滸》、《三國》，我的童年文學；長江與亞馬遜河的長度，我的中學地理；脊索動物門，哺乳綱，鯨目，我被當掉的生物。《賣橘子的》讓知識成了甜蜜的負荷。

只有在那些謹慎又零星的批判裡，我感到自己又回到文學與戲劇的下半場：阿綱想為相聲做很多，或許多了點兒，這些段子負載了太多期待，太多心情，但顯得黑白分明，我自在的樂趣一下不敢放肆，成了立正聽訓的孩子。但他的訓話很短，很快地，我又追著《賣橘子的》上路旅行。《賣橘子的》的笑聲不張揚，卻很瀟灑，像是山谷人家的一縷炊煙，裊裊飄去，但揭露的一方天地更是廣闊，視野更是自由，在它豐富的敘事中，我被撩撥不已，心波粼粼。

（本文作者何一梵，英國威爾斯大學戲劇博士，國立新竹教育大學教授。）

自序

溯古泛今觀戲，玩味翻嚼字裡

劉基（伯溫）的著名篇章〈賣柑者言〉，全文如下：

杭有賣果者，善藏柑，涉寒暑不潰，出之燁然，玉質而金色；置于市，賈十倍，人爭鬻之。予貿得其一，剖之，如有煙撲口鼻；視其中，則乾若敗絮。予怪而問之曰：「若所市於人者，將以實籩豆，奉祭祀、供賓客乎？將衒外以惑愚瞽也？甚矣哉，為欺也。」

賣者笑曰：「吾業是有年矣，吾賴是以食吾軀。吾售之，人取之，未嘗有言，而獨不足子所乎？世之為欺者不寡矣，而獨我也乎？吾子未之思也。今夫佩虎符、坐皋比者，洸洸乎干城之具也，果能授孫吳之略耶？峨大冠、拖長紳者，昂昂乎廟堂之器也，果能建伊皋之業耶？盜起而不知禦，民困而不知救，吏奸而不知禁，法斁而不知理，坐糜廩粟而不知恥；觀其坐高堂、騎大馬、醉醇醴而飫肥鮮者，孰不巍巍乎可畏、赫赫乎可象也？又何往而不金玉其外、敗絮其中也哉？今子是之不察，而以察吾柑！」

予默然無以應。退而思其言，類東方生滑稽之流。豈其憤世疾邪者耶？而託于柑以諷耶？

這是《賣橘子的》劇名的由來。二〇一五年十月十六日，【相聲瓦舍】首演於新北市藝文中心。

當「文創」這個名詞被強調之後，定義愈發模糊了。本來，文化的精神，確實是多元、敦厚、寬鬆、融合，然而聰明的生意人，總能牽拖出對自己事業有利的解釋，迎合大眾口味，似乎成了「文創」的思維正確。

傳統相聲講究「短」、「小」、「精」、「悍」，尤其包袱（裡面裝著「哏」）的外皮，講究「一戳即破」。迎合清末那樣的時代，民智未開，教育不普及，生活皆由瑣屑事件拼貼，不涉及眼界、品味、思想，吟個詩詞、對個對聯、歪批戲曲小說，已算是「文哏」。

龍應台《大江大海一九四九》問世，為我等「失敗者的下一代」找一個情感的歸流，當時（二〇〇九年）就發願要寫一個劇場作品，以為呼應。不料，龍女士入閣，擔任中華民國第一任文化部長。當年，龍女士出任台北市文化局長時，我也多次應邀，服務公部門的專業諮詢，龍局長看我坐在會議室角落，特別呼喚：「阿綱，過來坐我旁邊。」我扭捏一陣，她又說：「幹嘛？不喜歡當官的呀？」

是的，我被她一眼看穿，「不喜歡當官的」。因此，我不願意在她擔任部長的時期，披露已完成部分篇幅的作品。終於，她辭官卸任，回歸為村子裡的龍姊姊，我的戲可以上演了。

一齣相聲劇，素材來自《古文觀止》、《搜神記》、《西遊記》、《水滸傳》、《三國演義》，時空，在溯古泛今的大江南北穿梭。不迎合大眾，不符合「時尚正確度」。我猜，初步只能引發國文老師、歷史、地理、博物愛好者的共鳴。

三個人物，並不具有特定性格特質，叫某甲、張三亦可，但我愛講究，於是在三部啟蒙書中各取一典，做為角色名，也都和「吃」有關：

《百家姓》——慕連茹習，宦艾「魚容」。首演由我出任。

《千字文》——果珍李柰，菜重「芥薑」。宋少卿首演。
《三字經》——稻粱菽，麥黍稷，此「六穀」，人所食。黃士偉首演。
兩首插曲《打鞦韆》和《四時漁家樂》，都是小時候在音樂課上學的。兩首插曲都請張靖英重新編曲，我寫的新詞〈說書〉，也請靖英作曲，成為本劇的主題曲。

包袱的「皮」厚嗎？就看對誰而言了。我倒認為，志於文化深耕的同好，終生學習者，對古文、對傳統小說內容、作者下過工夫的中學生，必然覺得這齣戲的哏，皮很薄。

另一方面，在創作劇本的同時，做了一些自主練習，針對簡體字進行諷刺，寫成一些零散的極短篇，部分篇章已在《聯合報．副刊》發表，收錄在這本書裡，製造一些間隔的閱讀樂趣。其中有兩篇，林一先畫成了雋永的連環漫畫，請來書中，增添光彩。

所以，這部著作不宜以簡體字印刷發行，會怪怪的。

目錄

說書

馮翊綱／詞　張靖英／曲

是一段江湖俠客的心情
誰得意　須獨行
拔劍四顧
心裡霜雪明　心外如流星

風沙狂　人無雙　豪傑義　兩肩扛
鄉關難渡　別離無常
夢裡　是煙雨的淚光

又一篇說書先生的遊唱
誰梳妝　芭蕉窗
孤影自憐
鏡裡鬢如霜　鏡外淚千行

風沙狂　人無雙　豪傑義　兩肩扛
鄉關難渡　別離無常
夢裡
風沙狂　人無雙　豪傑義　兩肩扛
鄉關難渡　別離無常
夢裡　是煙雨的淚光

孤影自憐
鏡裡鬢如霜　鏡外淚千行

幕啟

（隨著音樂聲、歌聲，燈漸亮。舞台面上是一座建築物的廢墟地基，沒有顏色。也幾近無色的背景，是一片斑剝的峭壁，依稀可見文字殘篇，宋徽宗趙佶瘦金體書〈千字文〉。）

（魚容、芥薑、六穀，三人合唱民謠《打鞦韆》，燈光隨之變化，多彩繽紛，無色的背景、台面建構也因之染上顏色。歌畢，燈光色彩仍然緩慢變化著。）

打鞦韆 東北民謠

三月裡是清明，三月裡是清明，桃哎花啦開來，柳條兒又發青。
小蜜蜂，採花心，花心亂動呀。
六月天氣悶，六月天氣悶，荷哎花啦開來，柳條兒垂濃影。
小蜜蜂，採花心，花心亂動呀。
九月裡秋氣清，九月裡秋氣清，菊哎花啦開來，柳葉兒都落盡。
小蜜蜂，採花心，花心亂動呀。

魚容：從前，有三兄弟。
芥薑：他們繼承了祖產，是一塊遼闊的土地。
六穀：三兄弟把土地分成三份，各自努力。
芥薑：一個種蘋果。
六穀：一個種小米。
芥薑：種出來的蘋果，大賣！
六穀：小米，也大賣！
魚容：還有一個，在土地上種了一棵橘子樹。
芥薑：種蘋果的發大財。
六穀：種小米的也發大財。
魚容：橘子樹慢慢長大，他坐在樹下讀書。
芥薑：蘋果繼續發財。
六穀：小米也繼續發財。
魚容：樹上結出了橘子，他還是坐在樹下讀書。
芥薑：蘋果還在發財。

六穀：小米還在發財。
魚容：橘子熟了，他採收下來，藏好，繼續讀書。
芥薑：蘋果發財。
六穀：小米發財。
芥薑：蘋果發財。
六穀：小米發財。
芥薑：蘋果發財。
六穀：小米發財。
魚容：讀書讀夠了，練習了一下，發現自己已經會說故事了。檢查收藏的橘子，外皮，光鮮亮麗，跟剛採收的一樣，剝開看裡面，又乾又黑。
芥薑：浪費了！
六穀：沒用了！
芥薑：敗家了！
六穀：完蛋了！

芥薑：發不了財了。
六穀：賣不出去了。
芥薑：白忙一場了。
六穀：血本無歸了。
魚容：他收拾書本，裝上小車，帶上一簍橘子，就出門了。

（燈光漸暗，乃至全暗。）

字的極短篇

1 字的極短篇

蘿卜

在青島機場看到賣啤酒原漿，忍不住喝了一杯。哎呀呀！都說青島啤酒不錯，青島純生爽口，卻都不及這原漿，集「鮮」、「爽」、「甘」、「醇」於一。大口飲畢，忍不住又裝了一罐，帶走。

轉車到了濰坊，飯店冰箱居然沒插電，等它涼，得要明天了。索性就把常溫的青啤原漿作了晚飯，趁著暈暈忽忽的勁頭，和衣而眠。

夜半漲醒，這是過了中年後的常態，不以為意，解放即可。疑？腰怎麼會特別痠哪？彎下試試？疑？挺直回來……哎呀！哎呀呀呀！平日不喝啤酒，也就不時時記得「腎結石不可喝啤酒」的禁令。一公升多的原漿就能引動發作？未必。想是前幾日，啤酒、純生已喝了不少，炸雞塊也吃多了。

在床上躺了一天，灌水、狂排。其他眾人去看了風箏博物館回來，聽他們道：「就那個金魚，跟家裡牆上掛的天津『風箏魏』一樣。」於是知道，沒錯過什麼。

夜裡有夢，亡父在那頭接聽電話。

次日身子大好，街頭漫步。走著走著看見一小舖，門前招子，寫著「蘿卜」。好巧呀！正想問問吉凶，便有高人解夢，一步就跨進店裡。

卻淨是「蘿卜」。看著什麼像什麼，都是按自己的需要。

零售的籃子裡，二十幾條青皮蘿卜，一條白蘿卜混在其中，特別地搶眼。看看標價，寫著「15×2」。是兩根十五塊？還是整籃三十塊？猜測不太可能是後者，既然進來了，還是問問吧。「這蘿卜，兩根十五塊？」

「欸。」

大媽回答真是簡明扼要。兩根蘿卜十五塊，倒不便宜，然而，不知怎地，看那根白的是特別順眼，試試吧。「買這根白的，配一根綠的，也是十五塊？」

「不成！」大媽挺直了脖子，正色道：「兩根兒綠的才是十五塊！」

突然感覺自己是來自資本主義自由市場經濟體下的奸猾販子，面對清白的農民，堅守社會主義的正直分配，無地自容了。想想，這蘿卜，今天無論如何得買下，否則就輸得太慘了。

「買這白的，加買一根兒綠的，行嗎？」

「行，但兩個得分開算，不能加一塊兒算。」

說得斬釘截鐵。想想，理想完全實踐後的社會主義國度，若是人人都像這位大媽，倒也一清二白、童叟無欺、時時胸襟坦蕩、刻刻光天化日呀。

「好！」左手端著白蘿卜，右手舉著青蘿卜，說：「它們各自多少錢？」

「這根兒七塊，那根兒八塊。」

剝橘閒話

少了「冖」這幾筆，夢就成了「梦」，這字居然是「蘿」！而夢是「梦」，這是「簡」還是「亂」？

蘿 ㄌㄨㄛˊ　萝（大陸規範字）

植物名，指攀附呈密網狀的藤蔓植物，如「女蘿」、「松蘿」。下方的「羅」除了指細密的網子狀，也是聲符。

蔔 ˙ㄅㄛ　卜（大陸規範字）

通常與「蘿」連用，作「蘿蔔」。篆書字形與今日常見之「菜頭」極為形似。

蘿蔔 ㄌㄨㄛˊ ˙ㄅㄛ　萝卜（大陸規範字）

植物名。十字花科萊菔屬，一年生或二年生草本。莖高尺餘，根呈長圓柱形或球形，皮白色或紅色。葉呈羽狀分裂，有鋸齒。春日梢上開花，花色淡紫或白，花後結生細長角果。根多肉質，可食，有利尿、助消化的功效。

②字的極短篇

飞机仓门无开关

蒹葭蒼蒼，白露為霜。秋天，是個歸家的季節。

曾經有一個秋天，隻身在京杭大運河的小舟上，徹夜不眠，耳機連著CD player，播著喬治．溫斯頓（George Winston）的專輯《秋季》（Autumn），啜飲著刻意自備的家鄉烏龍茶。

沒有光害的江南水渠，漂漂搖搖，九〇年代初，從蘇州到杭州，連續十六小時的行船，大半夜，刻意降低了器械的轉動、降低了速度，也降低了聲響。微光中，看見靠水吃飯的人們，或撐篙、或結網、或垂釣，好一派斜風細雨不須歸的情調。

海峽阻隔，飄小船可回不了家。今年白露，恰好與中秋節重疊，一張機票是早早訂好的，擔心人太多，刻意買的商務艙，一個多小時的航程，貴不了多少。

這次旅行的時間長了些，在路上的感悟也多了些，電腦裡存放著全新的初始創意，但刻意關機，也不在機艙裡假裝忙碌，一切等到家再說。

所謂「初始創意」是很廣義的，純粹的創作衝動，行諸文字，是文學。進入實驗室計算推演，可以是科學。轉為行動，可以是經世濟民、改變時代的革命。端看這個初始創意是到了誰的手上，有時，所託非人，還耽誤了。

由於刻意放空了自己，也就東摸摸、西看看，不經意間，一個鑲在前座椅背上的小金屬片，刻著一行小字，工工整整，映入眼簾。

「飞机仓门无开关」。

什麼意思？中文書寫有著大樂趣，漢唐兩代，以隸書、楷書奠定了書寫的根基，往回推，大篆小篆字裡迷城。往下發展，行書、草書之氣韻，從王羲之而張旭，乃至近人于右任，各有千秋。簡體字的結構，來自草書，大筆一揮，三點兩畫寫就，不拘泥於字的原形、結構，一派瀟灑自然，美得很！

但，工整印刷的時候，簡體字就像是在開玩笑，好好的字，像是在列印過程中出了意外，是點陣的問題？還是油墨不順？有斷頭的、有挖心的、缺胳臂斷腿的、半身不遂的。「飞机仓门无开关」？什麼意思？試圖理解為「飛機艙門無開關」，但這不可能呀？

空服員說：「航空器上既然這麼寫，表示本次航班的艙門，是沒有開關的。」

「那一會兒落地了，怎麼下飛機呢？」

「沒事兒，估計沒有問題，您別擔心。」

擔心？那倒不會，更令人煩心的問題浮現了，陰森感逐漸變成害怕、恐懼，墜落的氣氛伴隨著降落愈發明顯。

怎麼也想不起來？當初是怎麼上這架飛機的？

正簡字對看

飛 ㄈㄟ **飞**（大陸規範字）

鳥類、昆蟲類或航空機械騰行於空中。整個字像鳥冠、鳥頭的轉動，左、右分別像羽毛、翅膀，彷彿鳥飛的樣子，屬於形象造字。

機 ㄐㄧ 机（大陸規範字）

本義為控制弩箭發射的裝置，故從木部，「幾」除了是聲符，也是「人拉動繩子做為武器射出弓弩」的意思。後來「機」也引申為機器的通稱。

艙 ㄘㄤ 舱（大陸規範字）

船或飛機裡可以容納客人及貨物的空間。左半邊的「舟」字，原本專指大船。右半邊的「倉」字，原指收藏米穀的空間，上有蓋，下有底，中間藏著米穀，後泛指儲藏物品的建築物。

門 ㄇㄣˊ 门（大陸規範字）

建築物或者車、船等可以開關的出入口，也指設在出入口能夠關閉的裝置。歷代演變的字形幾乎都是左、右兩豎像門軸，雙扇對開的門樣。引申為一切出入口、家庭、家族、類別、學術或宗教的派別等。

無 ㄨˊ **无**（大陸規範字）

沒有。原本與「舞」是同一個字，形同一個人兩手張開、拿著舞具跳舞的模樣。篆文在字形上加入了「亡」，變成了字義從亡，字音從舞，正式與舞蹈的「舞」字區別開來。亡即逃亡，引申為「消失、沒有、不」的意思。也有一說，加「亡」字的舞是特別紀念陣亡勇士之用，一樣引申為消失與沒有。

開 ㄎㄞ **开**（大陸規範字）

啟、張。把兩手放在門閂上使門啟，與「關」字相對。引申為泛指一切開啟、解除、揭曉、發射的意思。

關 ㄍㄨㄢ **关**（大陸規範字）

掩閉、閉合。與「開」相對。「門」內的字形從下到上是：把門閂插入門孔或環扣中，再用繩子打結綁緊。引申為拘禁、停止、牽連等義。

3 極短篇 字的

失忆

「記忆上傳真正的好處就是，絕對不可以忘掉的事情，絕對忘不掉了。」精神復健師解說最尖端的技術，同步鍵入指令，選取行動硬碟，連上主機。

巧琳看著相片，仍是遲疑著。一年前發生嚴重的車禍，幸運地保住了性命，更幸運地，在重建的過程中，借助醫美科技，容顏、膚質、身材更加美艷了。而苦惱的是，記忆一片空白，即使是「巧琳」這個名字，也是暫時取的。

相片裡的男子，這麼年輕，對照著鏡中自己，有點不相稱。姊弟戀？巧琳想不起來，因此也無法確認自己可以接受。

「我們開始囉。」復健師因為戴著醫療防護帽，搔抓頭皮的時候磨出沙沙的聲響，寥剩無幾的頭髮，在不經意的搔癢中，又掉了幾枚。

過程極其簡易，就像在電腦螢幕上把檔案搬移到新的位置，點、拉、放，「噹噹！」巧琳完全想起來了！「Teddy! 我的 Teddy!」要不是醫療中心有充足的人手，幾乎攔不住巧琳，至少讓她穿上了衣服才衝出去。

復健師拉掉了口罩，打開屬於他個人的筆電，開始視訊。

「Teddy，她過來囉。」

「這麼快？怎麼不先講一聲？」

「昨天就講好了，你裝什麼蒜！」

「是那一隻嗎？臉上不要有疤喲！」

「對啦。車禍記忆也是植入的，根本沒發生過。」復健師邊視訊，邊規整剛才使用過的系統，把行動硬碟拔除、歸檔。「也沒關係，如果到手覺得不合適，或是膩了，就把她送回來，我們抽回記忆，換別的軀殼，再植入。這年頭什麼都講究七天鑑賞期。」

「這管馬子……乾淨的？」

「媽的，你還要聖女呀！沒辦法喲！撿屍回來的都是完美的，完美，懂不懂？什麼都會玩、什麼都敢玩的。想要純情少女，當初就別拋棄人家。」

Teddy 沒說話，復健師自顧自地繼續唸道：「抽掉記忆，被誰搞過？就忘了，真方便。相對的，搞過誰？也忘了。」他端起了筆電，走出工作室，繼續視訊：「同一個記忆，不會發生在兩個人身上。你記得，就代表別人忘掉，你記得越多，別人就忘得越多，這叫記忆守恆定律！媽的，該去入圍諾貝爾獎！」

Teddy 表示要離線。

「然而，絕對不可以忘掉的事情，絕對忘不掉。」復健師撂下最後一句，也蓋上筆電，猶有餘韻地自語道：「我收了多少，相對有人就付了多少，這叫價格守恆定律。」

正簡字對看

ㄧˋ

憶 **忆**（大陸規範字）

想念、思念、記得。左半邊字形從心，表示內心的狀態。右半邊的意，也是字形從下半的「心」，表示與心境相關；聲從上半的「音」，有心志、願望、料想、猜測、情感等意思。是形聲字的組合。

紫湖記

戲 壹

紫湖記

（燈亮，魚容、芥薑在場上。）

魚容：我喜歡遠足。

芥薑：出去走走。

魚容：遠足遠足，顧名思義，要走得遠一點。

芥薑：怎麼才算遠呢？

魚容：因人而異。小時候，我只要離開我媽的視線範圍，就算遠。

芥薑：寶貝兒子。

魚容：有一次，我媽在門口和鄰居聊天兒，我趁她稍稍不注意，溜到巷口，一拐彎兒……

芥薑：跑了！

魚容：掉溝裡了。

芥薑：唷。

魚容：回來這一頓好打。

芥薑：活該。

魚容：我哭，我媽不准我哭，「自己亂跑，還有臉哭？」

芥薑：男孩子，不准哭。

魚容：又有一回，我跟著我媽去燙頭髮，我趁她洗頭的時候一不注意，從美容院溜了出去……

芥薑：又跑了？

魚容：又掉溝裡了。

芥薑：我說你們家附近水溝很多是不是？

魚容：回家我又哭，我媽不准我哭，「同一個水溝掉進去兩次，還有臉哭？」

芥薑：說得是呢。

魚容：終於，有一天，我跟著我媽去買菜，趁她在菜市場裡挑魚的時候……

芥薑：又跑了……

魚容：不，這回沒跑，我偷偷躲在電線竿後頭，觀察狀況。

芥薑：看看這個壞孩子！

魚容：果然，我媽發現我不見了，大喊我的名字，我摀住嘴，避免笑出聲音來。
芥蕾：這孩子太糟糕了！
魚容：我媽急了，撥開人群，從市場口一路找到最裡面的旮旯兒角，再從最裡面一路找出來，嘴裡忽而大聲喊，忽而碎碎唸，臉上的表情，又是生氣、又是著急、又是憂傷、又是驚恐……
芥蕾：這些細節，你怎麼那麼清楚？
魚容：我一路跟在她屁股後頭偷看哪！
芥蕾：你故意的啊？
魚容：好幾次，差一點被她看到，很驚險的向右臥倒，這才躲開。
芥蕾：這小孩兒太討厭了！
魚容：撲通！
芥蕾：怎麼呢？
魚容：臥倒的時候衝力太大，又掉溝裡了。
芥蕾：這小孩兒太蠢了！

魚容：我這種愛亂跑的個性，其實不能怪我。
芥蕾：那該怪誰呢？
魚容：我爸。
芥蕾：令尊怎麼了？
魚容：我爸當年就是亂跑，才回不了家的。
芥蕾：回不了家？很嚴重呀。
魚容：我爸是西北人，戰國時代是秦國。
芥蕾：是。
魚容：十五歲那年，中學生，學校說要校外教學，得到省城去一個月。
芥蕾：沒有很久。
魚容：其實是個騙局。
芥蕾：啊？
魚容：內戰，兩個黨都抓兵，傾向某個黨的校長，就把整個學校的學生
編成那個黨的補充兵。
芥蕾：這樣啊？

魚容：說是去省城，其實帶去了西南。
芥薑：跑遠了！
魚容：又去了東北。
芥薑：十萬八千里！
魚容：再去了江南。
芥薑：亂跑啊！
魚容：名符其實的亂跑。亂跑的過程中，同學的結構也產生了變化。
芥薑：怎麼說？
魚容：原本都是西北學生，一路有人跑掉，一路跑一路掉。
芥薑：掉啦？
魚容：到了某個地方，喜歡當地，就賴著不走的。
芥薑：喔。
魚容：開溜，逃回老家的。
芥薑：回家的。
魚容：想開溜，逃回老家，卻半路掉溝裡的。

芥薑：回不了家的。

魚容：想哭，也沒人聽見。

芥薑：真正見不著家人的時候，才知道可貴。

（微一停頓。）

魚容：學生人數，越掉越少。

芥薑：怎麼辦呢？

魚容：別擔心，也有從別處跑來的，一路跑一路來。

芥薑：人數又變多了。

魚容：比原來還多。

芥薑：啊？

魚容：校長，帶著大江南北一路跑來的同學，幾十個人，大家一起亂跑。

芥薑：別再亂跑了吧。

魚容：少年壯遊，也等於是遊覽名山大川，增廣見聞啦。

芥薑：也只能往好處想了。

魚容：然而，同學間的相處，並不是始終和樂融融。

芥薑：為什麼？

魚容：你想，在一個亂世，一個校長，帶著一群小屁孩流亡在外，滿世界亂跑，七拼八湊、龍蛇混雜，不同個性、不同教養的年輕人整天在一起混，好事壞事都有。

芥薑：對。

魚容：幸虧校長是個正直的人，他經常說（西北口音）「無論在什麼情況下，人都要有規矩，享受與責任，都要公平分配。」

芥薑：這很重要。

魚容：大家在校長英明領導下，大抵相安無事。

芥薑：書就不念了？

魚容：怎麼不念，校長有好辦法。

芥薑：什麼好辦法？

魚容：一本《古文觀止》，規定每人抄寫一部，背誦三十篇。

芥蘁：還好嘛，不太難。
魚容：有人愛念，有人不愛念，記性差的丟三落四，字句都不連貫。
芥蘁：好嘛。
魚容：愛念書的就建議，乾脆他多背幾篇，那不愛念書的就免了吧。
芥蘁：不要勉強。
魚容：校長說「不行！要有規矩，大家要公平分配。」
芥蘁：啊？
魚容：背書再怎麼困難，也要盡力。
芥蘁：流亡中不忘叫學生背書，這校長不錯。

剝橘閒話

許多看似不近人情的規定、以為無必要背誦的課文，日後回想起來，都好感謝那些嚴格的師長。

（頓。燈光變化，呈現出超現實的紫色調。）

魚容：就在即將抵達江南之前，經過一個奇妙的地方。

芥薑：哪裡？

魚容：紫湖。

芥薑：紫湖？

魚容：紫色的湖。

芥薑：哦？

魚容：湖心有一個小島，島上有一座破廟，大夥兒在那兒住過一個月。

芥薑：吃飯怎麼辦？

魚容：你就想著吃飯！不愁，同學裡有會射魚的。

芥薑：那……吃生的？

魚容：同學裡有會燒的。

芥薑：蔥薑醬料？

魚容：同學裡有會偷的。

芥薑：啊？

魚容：之前在路上，順手牽羊帶的，鹽醋胡椒，八角花椒，全得很。

芥薑：餐具？

魚容：銅盆、鐵鍋、瓷碗、銀盤、象牙筷子。

芥薑：哪兒來的？

魚容：同學裡有會變魔術的。

芥薑：啊？

魚容：還講究！逃難呢，當過年呀！

芥薑：對不起。

魚容：什麼都沒有，快餓死了。一個小姑娘，名叫紫霜，紫氣東來的紫，白露為霜的霜，自稱是當地漁民的女兒，穿著一身淡紫色的短衫，每天擺著小船，到島上來。給大家帶點魚蝦、菱角、蓮蓬、藕，什麼的。

芥薑：好孩子，救苦救難。

魚容：她每天一來，都不免製造出騷動，比較沒規矩的學生總是你爭我搶。
芥薑：討厭。
魚容：校長大喊「注意！要有規矩，大家要公平分配。」
芥薑：注意呀！
魚容：有一天，帶來一包糖果，長得像一顆顆小粽子。
芥薑：糖粽子。
魚容：同學們看了可稀罕了，沒人見過。
芥薑：傻嘛。
魚容：校長說「要有規矩，大家要公平分配。」
芥薑：只有這一句呀！
魚容：班長叫修修，以前參加過足球隊，背號「六一」，他總穿著那件球衣。
芥薑：「六一」？
魚容：正在一人一顆的發糖粽呢。他是江西人，一個同鄉老弟，叫安安，

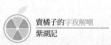

上來就抓了一把。
芥薑：沒規矩。
魚容：這個安安特別討厭，不洗頭、不洗澡、吃東西狼吞虎嚥，毫無規矩。
芥薑：沒衛生。
魚容：蚊蟲圍著他腦袋飛，一雙髒手，他抓過的糖，別人還怎麼吃？
芥薑：就是。
魚容：四川來的蘇同學，長得高高帥帥，特別愛講究，早就看他不順眼了，噹！一拳上來，賞了他一記四川熊貓眼。
芥薑：幹架了。
魚容：江西人不好惹，同鄉特別團結。
芥薑：一表三千里。
魚容：當場，安安從小一塊兒長大的鞏鞏，他的個性特別直率。
芥薑：是個耿直的人。
魚容：飛撲上來，修修也不顧班長的身分，加入戰局。

芥蘁：三個打一個。
魚容：四川人也不是省油的燈，眼看老蘇被打，另外兩個趕忙來相救。
芥蘁：等一下，你說被打的是老蘇，那上來幫忙的是？
魚容：老蘇，和老蘇。
芥蘁：怎麼一樣啊？
魚容：你要知道，學生年紀都不大，但都喜歡「老張」、「老李」的這麼叫。
芥蘁：確實。
魚容：三個四川同學剛好都姓蘇。
芥蘁：一家人。
魚容：不，只是湊巧。他們是老蘇、老蘇和老蘇。
芥蘁：混在一塊了。
魚容：不會，他們三個個性不同，特色也不同。因此，同學在稱呼他們的時候，自然而然的有區隔。
芥蘁：哦？

魚容：一個老蘇，學問很好，但不知為什麼，考試成績總是不理想，大家為了避免刺激他，也是表示尊重，總是叫他（鄭重地）「老蘇」。

芥薑：比較……謹慎。

魚容：另一個老蘇，愛旅行，早就在外頭亂跑了，個性活潑，同學就叫他（熱情地）「老蘇」。

芥薑：比較……肉麻。

魚容：還一個，就是愛講究的老蘇。同學叫他（優雅地）「老蘇」。

芥薑：比較……那個。

魚容：所以不會搞錯，聽語氣就知道是在叫誰。（三種語氣各一次）「老蘇」、「老蘇」、「老蘇」。

芥薑：好嘛！

魚容：修修、安安、鞏鞏，和老蘇、老蘇、老蘇，六個人打成一團。

芥薑：三對三，江西對四川。

魚容：兩位比較年長的同學上來勸架。

芥薑：拉開。

魚容：這兩位是好朋友，興趣相投，都喜歡養寵物。
芥薑：哦？
魚容：韓同學是河南人，養著一隻小鱷魚。
芥薑：鱷魚！
魚容：柳同學是山西人，養著一條小黑蛇。
芥薑：蛇！
魚容：韓柳勸架不成，也被捲進去。
芥薑：你看看！
魚容：為了幾顆糖粽，八個人打群架！
芥薑：不應該！
魚容：「糖粽八打架」。
芥薑：什麼？
魚容：混亂中，柳同學的蛇被兩頭拉。
芥薑：啊？
魚容：拉成麵線了。

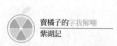

芥薑：太慘了。
魚容：韓同學的鱷魚被一腳踩扁。
芥薑：怎麼樣？
魚容：變成貼圖了。
芥薑：是啊。
魚容：他們好傷心，為寵物舉辦了聯合喪禮，並寫了兩篇祭文。
芥薑：為寵物寫祭文？
魚容：〈捕蛇者說〉和〈祭鱷魚文〉。
芥薑：唷！

（略一停頓。燈光將環境染成柔柔的紫色。）

魚容：雖然有人不體面，知書達禮的人也是有的。
芥薑：誰？

魚容：每天紫霜來的時候，一位北方來的張同學，總是搶先幫忙，扶著下船、搬東西、生火、炒菜。

芥薑：他有什麼企圖？

魚容：他們總是在破廟外頭，左邊的那棵木芙蓉旁邊，一邊生火、洗菜，一邊說說笑笑。

芥薑：有感情了。

魚容：最後一晚，明天就要離開了，月亮正圓，兩人在木芙蓉旁，相擁而泣。

芥薑：捨不得。

魚容：張同學拿出一個錦囊，說「這是我家家傳的寶物，留給妳做信物，等這場戰禍過了，我必當回來，迎娶妳。」

芥薑：他是真心的。

魚容：張同學翻開錦囊，取出一個紫色水晶球，月色下更顯得晶瑩剔透。

芥薑：傳家之寶，他捨得？

魚容：沒想到，紫霜看到這個水晶球，大驚失色！

芥薑：為什麼？

魚容：我得說說來歷。

芥薑：請。

剝橘閒話

「糖粽八打架」取「唐宋八大家」諧音之趣，為唐、宋朝古文運動的代表人物。至於是哪八人？國文課本、《古文觀止》有念過，一定都知道的。

（略一停頓。魔幻的紫色，隨故事流動著。）

魚容：長江下游，不知名的荒野上，有一條小河，當地人叫它「紫川」。

芥薑：紫色的小河？

魚容：河床上有許多螢石，陽光一照，泛出紫色的光。

芥薑：漂亮。

魚容：但是這條小河的個性難以捉摸，經常改道。

芥薑：流向不定。

魚容：通常，是向北流進長江裡，偶爾，流向南方。

芥薑：跟你爸一樣，喜歡亂跑。

魚容：南方有一個小縣城，就隨著小河的名字，叫「紫川縣」。

芥薑：挺美的地名。

魚容：有一年秋天，下大雨。

芥薑：哎喲。

魚容：一連下了三個月。

芥薑：下太久了。

魚容：紫川氾濫，把縣城淹成了小池塘。

芥薑：哎喲。

魚容：別擔心，水很快就退了。

芥薑：那還好。

魚容：水退了，老百姓得到了一批意外的收穫。

芥薑：那是？

魚容：好多魚蝦擱淺。

芥薑：那真不錯！

魚容：其中有一條大魚。

芥薑：多大的魚呀？

魚容：北冥有魚……

芥薑：那也太大了吧！

魚容：總有一萬多斤。

芥薑：真夠大。

魚容：這條大魚，掙扎了三天終於死了。
芥蘲：可惜呀。
魚容：整個縣城的人都來分這條魚，每個人都吃到肉、喝到湯。
芥蘲：真好。
魚容：魚皮，給衙門的官差，縫成了三十件斗篷。
芥蘲：喝！
魚容：魚骨給七十戶人家換了屋樑，魚鱗給一百戶人家鋪了瓦片。
芥蘲：太豐盛了。
魚容：就連肥肉榨出來的油……
芥蘲：怎麼樣？
魚容：做成的燈油，夠整個縣城點三年。
芥蘲：小災難換大財富，C／P值太高了！
魚容：最珍貴的。
芥蘲：是什麼？
魚容：魚眼睛，是兩顆亮晃晃的夜明珠。

芥薑：喝！

魚容：鑲在縣太爺的烏紗帽上。

芥薑：神氣！

魚容：但是，就有一位古姥姥，看見大魚臨死前掙扎的眼神，自己也無力挽救，不忍心，所以既沒吃，也沒分享魚皮魚骨。

芥薑：善心哪。

魚容：晚上就作夢了。穿紫色斗篷的龍王爺來謝她，說死的那條大魚，是他兒子。

芥薑：龍王的兒子？

魚容：身遭此難是他的命，非常感念古姥姥仁慈，不吃他。

芥薑：好人有好報。

魚容：龍王說，玉帝已經把這個縣城撥歸他管了，不久之後，就會變成大湖。城裡的人，日後都要成為湖底的魚蝦。

芥薑：真的假的？

魚容：龍王跟古姥姥說，看見東城牌樓底下的那隻大石龜，眼睛變成紅色的時候，水就要來了，得趕快走。
芥蘁：真的假的？
魚容：古姥姥每天到東城牌樓，看那隻石龜，天天來、天天來。
芥蘁：真信了。
魚容：那陣子，城裡面的其他老百姓，開始有了變化。
芥蘁：怎麼呢？
魚容：有人長出了鯰魚的鬚。
芥蘁：土虱。
魚容：有人兩隻手變成了螃蟹的螯。
芥蘁：紅蟳。
魚容：有人的腦袋越變越禿。
芥蘁：TAKO。
魚容：還可以縮進胸腔裡。
芥蘁：王八。

魚容：喂！

芥蘲：對不起……甲魚。

魚容：住在牌樓附近的一個小孩兒，察覺古姥姥形跡可疑。

芥蘲：以為是偷窺狂。

魚容：忍不住就問了。「姥姥、姥姥，妳是在看什麼呀？」

芥蘲：啊？

魚容：姥姥沒有心眼兒，就跟他說了。

芥蘲：善良的老太太。這種鬼話，小孩兒也不信哪！

魚容：不信就算了吧，這個小孩兒居然惡作劇，拿紅油漆，偷偷把石龜眼睛塗紅了。隔天古姥姥看見石龜的眼睛變紅了，趕緊就往城外跑。

芥蘲：被整了。

魚容：到了城外，遇見一個光頭的小伙子，推著一車橘子。

芥蘲：賣橘子的？

魚容：請古姥姥吃橘子，兩人邊走邊聊，走遠了。

芥蘲：真的假的？

魚容：當天晚上水就來了，紫川改道，水灌進縣城，滅頂了。

芥蕾：真的假的？

魚容：只剩下古姥姥的家浮在水面上，紫川縣淹進了湖底，一夜之間變成了紫湖。

芥蕾：真的假的？

魚容：假的。

芥蕾：啊？

魚容：我說的故事，你信就是真的，不信就是假的，關鍵在你不在我。故事已經說了，我無法為你空蕩遼闊的腦子或不知所措的舌頭去印證真的假的。

芥蕾：我……

魚容：很多很多年以後，大約是一百年後。紫湖的岸邊，聚成了很多小漁村，漁夫們來湖裡捕魚，都可以在這個小島上休息。為了祈求平安、豐收，大家就在島上建了一間龍王廟。

芥蕾：供奉龍王爺。

魚容：南方有位姓張的大人，調任回京城，帶著全家人北上。
芥薑：嗯。
魚容：張大人是個清廉的好官，夫人、兩個女兒、一個
小丫鬟、一個小書僮。
芥薑：人口簡單。
魚容：大女兒十六歲，不是親生的，是大哥的。
芥薑：姪女。
魚容：兄嫂不幸雙雙過世，他收養了姪女，視如己出。
芥薑：好人。
魚容：一家人北上，渡過紫湖，天就要黑了。
芥薑：喲。
魚容：船家建議，黑夜行船不安全，不如先到湖心
小島靠岸休息，明早再走。
芥薑：對。
魚容：到了湖心小島，天還沒全黑。兩位小姐帶著丫鬟，到龍王廟逛逛。

芥薑：是。

魚容：一百年來，紫湖龍王保佑著環湖的漁民，風調雨順，魚獲豐盛，
漁民們也把龍王廟維護得氣象莊嚴。

芥薑：大家互相。

魚容：丫鬟看見龍王爺神像左右，還立著兩位年輕的神將，眉目俊秀、威風凜凜，對著十四歲的二小姐說笑道，「妳看，帥哥，妳能嫁給這樣的男人，我就隨妳陪嫁，伺候妳一輩子。」

芥薑：愛說笑。

魚容：「好啊！」二小姐年輕，什麼也不怕，說「好啊！就這麼說定了。」

芥薑：不要亂開玩笑。

魚容：當天晚上，全家人在船上睡覺，作了同一個夢。

芥薑：啊？

魚容：紫湖龍王來提親，說那個神將，是他的小兒子，感謝二小姐親口允諾成婚，明日一早便來迎娶。

芥薑：真的假的？

（魚容瞪芥薑，二人停頓。燈光突然明亮，隨即又逐漸轉為紫色。）

魚容：天亮，大家心照不宣，吩咐趕快開船。

芥薑：快跑吧！

魚容：跑不了啦！

芥薑：怎麼呢？

魚容：船帆張開，一絲絲風也沒有。船家撐篙，搆不著湖底，船動也不動。

芥薑：糟糕了。

魚容：大小姐說話了。

芥薑：她？

魚容：「女兒命苦，承蒙叔叔嬸嬸不嫌棄，扶養這許多年。願代替妹妹下嫁水府，萬一不幸，就當尋我爹娘於九泉之下相逢，也不是壞事。」

芥薑：顧全大局的好孩子。

魚容：死說活勸，大小姐意志十分堅定。撲通！就跳了。

芥蘲：唉。
魚容：說也奇怪，船就動了。
芥蘲：龍王爺放人了。
魚容：一家人悲戚戚地，坐在船上都不說話，一個時辰之後到了對岸。
芥蘲：該下船了。
魚容：一隊人馬在岸邊列隊歡迎，鮮豔華麗，不同凡響。
芥蘲：這是？
魚容：大小姐穿著丰采飄逸的紫色袍子，上面的彩繡典雅古樸。身邊還帶著兩個小男娃娃。
芥蘲：這是？
魚容：她說了，「嫁給龍王的兒子，夫妻恩愛幸福，生活快樂無憂，簡直神仙一般，請爹爹不必愁煩。」還讓兩個小孩兒叫爺爺、奶奶。
芥蘲：這怎麼可能？不過坐船擺渡，才過去了一個時辰不是嗎？
魚容：天上一天，人間十年。
芥蘲：意思是？

魚容：人間、仙界的時間觀念不一樣，水上、水下，天上、地下，台上、台下，都是這樣。

芥薑：喔。

魚容：臨別，大小姐捧出一顆透亮的紫色水晶球，有半個拳頭這麼大。

芥薑：嘍！

魚容：「此乃龍王陛下所賜紫晶球，爹爹好生收存，京城為官多所凶險，此物將保爹爹無憂。代代傳家，可告知子孫，若有萬般難解之事，可持球來此，投入紫湖，我將竭力回報。」

芥薑：太神奇了。

魚容：辭別，返回湖中。時光匆匆，三百年過去了。

芥薑：好快呀！

剝橘閒話

時間的刻度是人為的。不同境界的人，時間感受與定義皆異於常人，我就認識幾個。

（頓。紫色靜下來，慢慢淡去。）

魚容：現在，我們把畫面拉回到二十世紀。那幫學生住在島上，即將離開的前一天晚上，張同學拿出祖傳的寶物，紫霜小姑娘看見，大驚失色！

芥薑：我有點懂了。

魚容：紫霜收下紫晶球，說「人們的愛情，最初，是想靠得更近，總是在問『可以親一下嗎？』後來生活在一起，又總是問『可以牽著我的手嗎？』萬一相隔兩地，相愛的人還是會問『可以想著我嗎？』」

芥薑：唉。

魚容：「想不到，我們居然是三百年來註定的。好，我就在島上等你，直到你回來。」

芥薑：一句話就是一輩子呀！

（頓。）

魚容：然而，這島上畢竟不只有他們兩個人，還有另外幾十個人。

芥薑：流亡學生。

魚容：其中，又有幾個比較愛作怪的。

芥薑：「糖粽八打架」。

魚容：校長處罰他們，叫他們寫作文，悔過。

芥薑：寫作文就能悔過？

魚容：半夜不睡覺，偷偷溜到湖邊游泳。

芥薑：夜遊？

魚容：寫悔過書。

芥薑：到湖邊寫悔過書？

魚容：真寫出來了。

芥薑：寫出什麼來了？

魚容：一篇集體創作，八個人之外，另外其他十幾個同學，幫著他們協力完成。

芥薑：哦？

魚容：因為不敢浪費紙張，就由班長修修執筆，用蘆葦寫在沙灘上，再請校長來看。

芥薑：篇名是？

魚容：〈紫湖夜遊記〉。

芥薑：好。

（頓。柔柔的紫色。）

魚容：**壬戌之秋，七月既望**。

芥薑：那一年的秋天，七月的「望」日之後，那就是中元節剛過。

魚容：俗稱鬼節。

芥薑：對。

魚容：有山可登，有水可浮。
芥蕾：鬼節就不要去游泳了吧？
魚容：趁著月色下水，多美呀！
芥蕾：多危險哪！
魚容：冠者五六人，童子六七人。有實大於名，有名侈於實。
芥蕾：大大小小的十幾個人，還有謊報年齡的。
魚容：你放心，年紀太小的那幾個，叫他們留在岸上玩。
芥蕾：好嘛。
魚容：群賢畢至，少長咸集。
芥蕾：臭美。
魚容：另起一段。
芥蕾：好。
魚容：古人之觀於天地、山川、草木、蟲魚、鳥獸，往往有得。
芥蕾：大自然會刺激人的聯想。
魚容：水不在深，有龍則靈。

芥薑：這個見解好！
魚容：**則是鱷魚，冥頑不靈。**
芥薑：這個觀點也妙！
魚容：**禽鳥知山林之樂。**
芥薑：人怎麼樂？
魚容：**後天下之樂而樂。**
芥薑：對。
魚容：**物換星移幾度秋。**
芥薑：時間過得很快。
魚容：**先天下之憂而憂。**
芥薑：人要有遠見。
魚容：再另起一段。
芥薑：好。
魚容：**竟是誰家之天下！**
芥薑：啊？

魚容：現在是什麼世道！

芥蘲：感嘆哪。

魚容：**秦兵未出，而天下諸侯已自困矣。**

芥蘲：不團結，大家自亂陣腳。

魚容：**來吾鄉，雖雞狗不得寧焉。**

芥蘲：這指的是？

魚容：一幫青少年跑到鄉下來，搞得人家雞犬不寧。

芥蘲：喔。

魚容：**衣臣虜之衣，食犬彘之食，囚首喪面，而談詩書。**

芥蘲：這？

魚容：穿破爛衣服，吃豬食狗食，髒兮兮，每天還要背書。

芥蘲：不容易呀！

魚容：不足為外人道也。

芥蘲：別人很難理解。

魚容：分段。**歸去來兮！請息交以絕遊。**

芥蘁：幹嘛呀？

魚容：心情不好了，回去吧！

芥蘁：怎麼了這是？

魚容：**某也忠、某也詐、某也直、某也曲**。

芥蘁：每個人的人品不一樣。

魚容：大家各懷鬼胎。

芥蘁：但表面上要維持同學的情誼。

魚容：**金玉其外，敗絮其中**。

芥蘁：這不至於吧？

魚容：**嗚呼！可不懼哉？**

芥蘁：人際關係是不好處理。

魚容：**今當遠離**。

芥蘁：明天就要離開了。

魚容：**臨表涕泣**。

芥蘁：為什麼？

魚容：合作寫文章？寫的一篇什麼亂七八糟的！

芥薑：自己也知道。

魚容：**嗚呼！嗚呼！嗚呼哀哉！嗚呼哀哉！**

芥薑：哭啦？

魚容：**其然乎？其不然乎？**

芥薑：哭傻了？

魚容：**嗚呼噫嘻！**

芥薑：哭笑不得。

魚容：**不知所云**。

芥薑：寫得實在太爛了。

魚容：**童子莫對，垂頭而睡**。

芥薑：還有啊？

魚容：最後一句。小的那幾個在岸邊睡著了。

芥薑：可憐巴巴的。

魚容：**不知東方之既白**。

芥薑：天都亮了。
魚容：天一亮，就有船來，校長帶著大夥兒，上船，離開。
芥薑：走了。
魚容：張同學天亮沒見到紫霜，船就開了。
芥薑：從此天涯海角……等一下！悔過書呢？
魚容：忘了。
芥薑：忘了？
魚容：寫在沙灘上，湖水一夜沖刷，早就無影無蹤了。
芥薑：嗯。
魚容：我爸背下來了。
芥薑：啊？
魚容：所以我會背。
芥薑：噢！

（小小的停頓。）

魚容：我常想，父親那一代人，所歷經的戰爭，砲聲隆隆，烽火連天，一切都是明確的。為了生存，可以躲避，為了理想，可以犧牲。

芥薑：可以選擇。

魚容：而我所面對的當下，粗俗的人喜歡從背後開槍，而且還加裝了滅音器。

芥薑：意思是？

魚容：欠缺正義的社會，媚俗，對亂講話、亂寫字、鄙俗、草包的各種現象，視而不見，無條件沉默。

芥薑：啊？

魚容：傳播媒體、線上遊戲，最常見的字眼，居然是「惡」、「戰」、「暗」、「殺」？

芥薑：負面能量。

魚容：繽紛的語彙，沉默了。繁複的文字，沉默了。優雅的行為，沉默了。熱情的思考，沉默了。一切都沉默，文化就沉默……生命就沉默了。

芥薑：嗯。

魚容：百姓、員工、選民、大眾、納稅人、消費者、鄉民、婉君，無論怎麼稱呼這群人，都被下了迷藥，以為自己真正需要的，就是「小確幸」。

芥薑：拾人牙慧。

魚容：在上位者，媚俗，「以小善中人之意，小信固人之心」（註）。

芥薑：施以小惠。

魚容：所以慢慢的，人們，就在心滿意足中，沉默了。

芥薑：痲痺了。

魚容：後來，學生們還發生了好多事情。好多人一起，坐更大的船，渡

過東海，要到另一個小島上。這船裝載了好多的橘子，為了在船
上搶橘子吃，有人跌進海裡去。

芥薑：誰？

魚容：張同學。

芥薑：他……沒啦？

魚容：東海龍王接去做女婿了。

芥薑：那……紫霜怎麼辦？

魚容：紫霜，是紫湖龍王的後代，為了等候張同學，甘心留在岸上，做
凡人，六十年光陰忽忽的也就過去了。

芥薑：沒有等到，而且她不知道人已經不在了。

魚容：老太太臨終前，把紫晶球拋入湖中，向家人許願。

芥薑：怎麼說的？

魚容：「愛情，或許可以交頸結髮，朝夕相伴。又或許山川阻隔，離別
終生，卻仍然可以想念。」

芥薑：唉。

魚容：「我死後，就把我埋在島上，龍王廟左邊的那棵木芙蓉下。他如果回來，必定要坐渡船回家，有可能會經過島上，停一停，來看看木芙蓉花。那時，說不定，就會看見我了。」

（燈光變化，非常濃的紫色，漸暗乃至全暗，魚容離場。）

註：此句出自歐陽修〈五代史宦者傳論〉，陳述宦官制度的各種弊端。

剝橘閒話

〈紫湖記〉演完了。

這就是為了唱和《大江大海一九四九》的作品，原計畫命名「覯紙」，完成後，覺得現在的名字好。

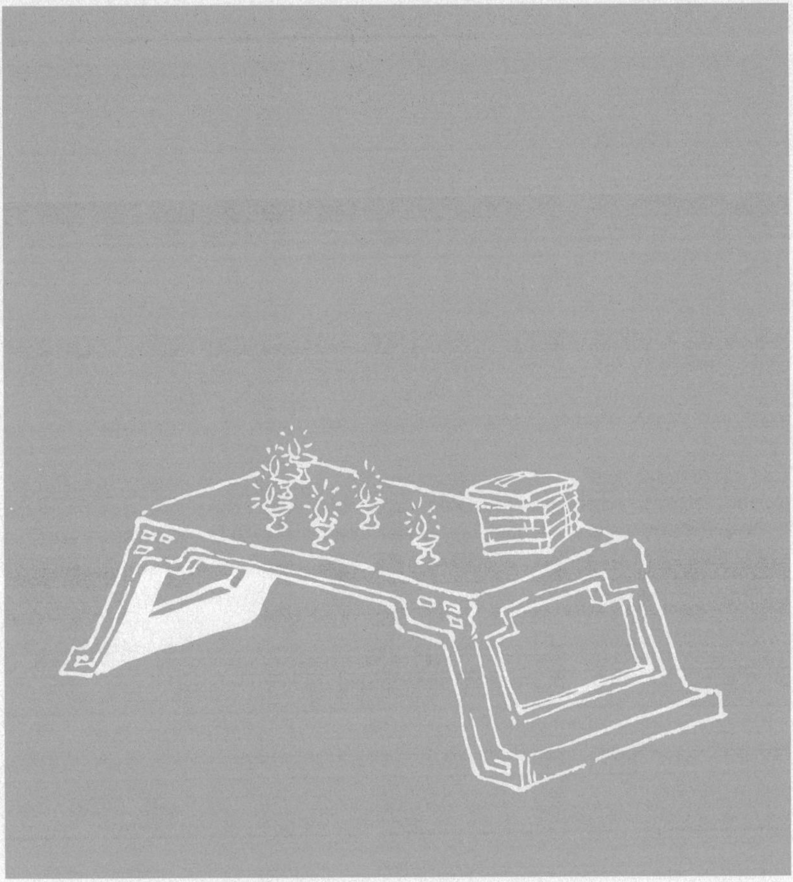

〈紫湖夜遊記〉出處解

壬戌之秋，七月既望。[1]有山可登，有水可浮。[2]冠者五六人，童子六七人。[3]有實大於名，有名侈於實。[4]群賢畢至，少長咸集。[5]古人之觀於天地、山川、草木、蟲魚、鳥獸，往往有得。[6]水不在深，有龍則靈，[7]則是鱷魚，冥頑不靈。[8]禽鳥知山林之樂，[9]後天下之樂而樂。[10]物換星移幾度秋[11]，先天下之憂而憂。[11-1]竟是誰家之天下！[12]秦兵未出，而天下諸侯已自困矣。[13]來吾鄉，雖雞狗不得寧焉。[14]衣臣虜之衣，食犬彘之食，囚首喪面，而談詩書。[15]不足為外人道也。[16]

歸去來兮！請息交以絕遊。[17]某也忠、某也詐、某也直、某也曲。[18]金玉其外，敗絮其中。[19]嗚呼！可不懼哉？[19-1]今當遠離，臨表涕泣。[20]嗚呼！嗚呼！嗚呼哀哉！嗚呼哀哉！其然乎？其不然乎？[21]嗚呼噫嘻！[22]不知所云。[22-1]

童子莫對，垂頭而睡，[23]不知東方之既白。[23-1]

各句出處

1 蘇軾〈赤壁賦〉。末句 23-1 同。
2 蘇轍〈武昌九曲亭記〉。
3《論語》〈先進〉第二十五。
4 曾鞏〈寄歐陽舍人書〉。
5 王羲之〈蘭亭集序〉。
6 王安石〈遊褒禪山記〉。
7 劉禹錫〈陋室銘〉。
8 韓愈〈祭鱷魚文〉。
9 歐陽修〈醉翁亭記〉。
10 范仲淹〈岳陽樓記〉。11-1 同。
11 王勃〈滕王閣序〉。
12 駱賓王〈為徐敬業討武曌檄〉。
13 蘇轍〈六國論〉。
14 柳宗元〈捕蛇者說〉。
15 蘇洵〈辨姦論〉。
16 陶淵明〈桃花源記〉。
17 陶淵明〈歸去來辭〉。
18 司馬光〈諫院題名記〉。19-1 同。
19 劉基〈賣柑者言〉。
20 諸葛亮〈出師表〉。22-1 同。
21 韓愈〈祭十二郎文〉。
22 李華〈弔古戰場文〉。
23 歐陽修〈秋聲賦〉。

剝橘閒話

各位古文同好，趁此良機，重購一本《古文觀止》，再讀琬琰之章，細品文采，人生不亦快哉！

極短篇

字的

字的極短篇 ④

怀里复制

解開女人的衣服，需要適當放肆。

適當的環境、適當的氣氛、適當的音樂、適當的酒、適當的甜言蜜語。

當然，最根結的，是適當的人。

女人穿著卡其色風衣，圓翹膝蓋以下的裸露小腿，沒有一絲痘瘡傷疤，不穿絲襪也顯得水嫩，晶瑩滑潤，連妝彩脂粉都沾不上去。令其他女人妒恨的緊緻細度，向下遞減，如倒掛的雲霄飛車般直衝腳踝，細得驚心動魄的腳踝下，踩著一雙純黑色的平底套腳鞋。

雖然膝蓋以上、風衣以下，只露出了不到三公分的嫩肉，據推測，再往上，也不會有什麼遮蔽。

要不是因為小腿太美，搶去了第一時間的目光，這女人臉蛋，其實也是美的。

「怀錶是吧？什麼廠牌的？」

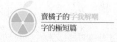

「沒有廠牌，年輕時在夜市邊錶店買的，有獵用式蓋子，錶鏈取下來了。」

「男人玩怀錶……怎麼？古典情聖呀？」

男人沒有回話。

女人探手，從風衣的第一、二顆扣子之間，伸入自己怀里，先是向下……向下……彷彿探到某個觸發感應的部位，突然抽動一下眉頭！回返向上……緩慢向上……一個莞爾的表情，從衣服里拉出拳頭，展開，一只完好的古銅色、有蓋、有鏈的怀錶。果然如男人所說，夜市邊錶店的、廉價的怀錶。

「啊！」男人如重逢知己般驚呼：「鏈子！連鏈子都在！」

「急什麼？」女人縮手，免得男人急切地搶去怀錶。「懂規矩嗎？」

「懂！懂！我也得為妳做一件事。請說吧。」

女人坐下，緩緩吐出一口氣，彷彿方才取物時，耗費了些體力。她交疊雙腿，顯露出更多無遮蔽的腿肉。這才看見，翻開的風衣里襯，有著類似名牌的蘇格蘭方格，女人警覺地翻整風衣，貼合在腿前。

「設定好了。在為你找到過去丟失的怀錶的同時，也同步設定了價格，未來某一天，該為我辦的那件事，已經在時間軸上等你了。」

男人似懂非懂地點頭，伸手接過了怀錶，摁下錶頭的按鈕。蓋子隨即彈開。

「照片呢？怎麼沒有照片？」

「什麼照片？」

「之所以找這只掉了的怀錶，就是為了錶蓋里的照片呀！」

「你可沒說照片喲，反正錶是給你找著了，同一間店里的同一只。」

剝橘閒話

「懷裡」故意寫成「怀里」，同理，把「複製」也剝去衣服，成了「复制」。不穿衣服卻不知羞。

正簡字對看

懷 ㄏㄨㄞˊ **怀**（大陸規範字）

胸前、內心、抱負、抱著、思念。原本的「懷」字只包含右半邊，上半與下半是個「衣」字，中間則是「眼睛＋流淚」，示意為（父母）將流淚的（孩子）抱在胸前的狀態，或指流水濕透衣襟的樣子。後來此字多作聲符用，就另外加上豎心旁表示原字義。

裡 里（大陸規範字）ㄌㄧˇ

衣服內部的襯布、內部，或指一定的空間或時間範圍。「里」字原本代表土地、居住地，而寫在衣服內的「裡」，表示衣服內屬於自己的地方，引申為在一定的範圍之內。

複 复（大陸規範字）ㄈㄨˋ

有夾裡的衣服、重疊、繁雜的、再。從「衣」，聲符「复」，原指多層衣服，引申為夾層、重複、多而雜。做為聲音的「复」字，原意是在兩個出入口之間來回走，加上「彳」部更強調「走」的意思，引申為往返、還原、回報。所以「複」與「復」之間的差異，還是不適合混用的喔！

製 制（大陸規範字）ㄓˋ

剪裁、作。本字「制」，右半邊是「刀」，表示以刀裁剪；左半邊是「未」，本是有枝葉但還沒結果的樹，引申為還沒（完成的衣服）。後加「衣」字於下方，強調與衣物相關。又引申為做、造出各種器物。

字的極短篇 5

掏空严厂

「都搬空了，他居然還坐得住。」莫姊說道。

「他就交代不准打攪，天塌下來都不准。」麗嘉嘟囔。

隔著玻璃，百頁窗遮蔽了視線，看不清裡面，音樂聲震得玻璃軋軋響。

严董事長已在自己的小房間裡待了五天，鎖門前嚴令交代「不准打攪，除非是他自己走出來，否則天塌下來都不准敲門。」

這家公司史上第三次解體，經驗不凡的严董事長一力承擔下全部的債務，還不起員工薪水，於是大開厂門，任由員工搬空。那些打工的，第一天就搬光了存貨，接著三天，老員工為求自保，也就拆分了機器。第五天，空蕩蕩的厂房，只剩下老秘書莫姊，和小秘書麗嘉，兩個女人。

音樂聲太大，古典交響樂，很不像是严董事長平常喜歡聽的。

「他有沒有曾經對妳怎麼樣？」莫姊冷不防地脫口一問。

「有。」看來，麗嘉沒想瞞她。

「那……怎麼樣？」

「沒怎麼樣，噁心。」

莫姊看看麗嘉，這個和严家老三同年的少女，眼中閃過一分帶有悲憫的光彩，想想自己二十年的歲月，都埋葬在這家老厂，青春肉體獻祭給這頭老狗。這麼想不盡公允，二十年前严老狗也就四十出頭，三個女兒的爸爸，大工厂的老闆，招募一個辣妹秘書，也不止玩玩，還真疼真愛，給了她無虞的生活保障。

「莫姊，有人說……」麗嘉也想趁這再也沒有的機會，挖聽點八卦。

「我們還是進去看看吧。」莫姊即刻邁步。

約莫看見，严董事長就坐在玻璃內的百頁窗前，隨著音樂搖頭晃腦，看似非常享受。只是，這人沒什麼審美細胞，身體律動和節奏不合拍，機器音樂是死拍子，聽音樂的是死腦子，各晃各的。

「莫姊，這樣好嗎？」麗嘉眼見她要敲門，再阻止最後一次。

「現在這個境界，天已經算是塌過了，還怕什麼呢？」

她仗恃著年資和交情，輕敲了兩下木門，扭動門把……意外地竟根本未鎖，暴大的音樂聲擠出門縫，冷氣也嗡嗡地開到最大風量，灌得屋裡成了冰箱。麗嘉看到屋內情景，輕輕「哎」了一聲，暈倒在地。

莫姊畢竟老辣，靠近了看。严董事長……被掏空了……像是藥舖裡的蟬蛻，裡面的蟬脫走了，留下半透明的殼兒。她僵在那兒，一時還忘記關音樂。

應該是殼太輕了，風吹得直搖晃。

剝橘閒話

「广」、「汇」、「产」，這些含有「內容」意味的字，也都被故意掏空了。

嚴 **严**（大陸規範字）ㄧㄢˊ

緊急、肅穆、厲害、警戒。上方一個口還不夠，以兩個口來表示接連不斷、多次的以言語呼叫。中間的「厂」是峭壁、陡峭的山坡，與下方組合，就是山勢險峻到必須用手和工具才能攀附住山石的樣子，又當聲符。因此，「嚴」字就表示情況緊急，引申為戒備、認真、莊重等義。

廠 **厂**（大陸規範字）ㄔㄤˇ

沒有牆壁的房屋、有寬敞空間可存貨或進行加工的場所。從「广」表示有屋頂的空間。「敞」字右邊從「攴」（手），左邊的「尚」是堆高，聲兼義，就引申為廣闊的樣子。屋頂下方有很多人一起動手做事的廣闊空間，就是「廠」這個字。

「广」為廣，「汇」為匯，「产」為產。

字的極短篇 6

下等虫

「Fogo de Chão 太鹹了！」鄰桌的太太說道。

「怎麼會突然提起來？」看似她先生的人回應。

「肉質確實不錯，可惜太鹹了。」她第二次提起。

「Fogo de Chão」是一家巴西窯烤，稱得上高級餐廳，在全美有多家分店。他們夫妻造訪過比佛利山莊店，以及紐約現代美術館對面的那家。餐廳門口停著一整排快餐車，從五十三街一路向西，延伸到第六大道口，炒飯、炒麵，淋上厚重的起士、白醬、紅醬，逛街的遊客或站、或蹲、或幸運地不被驅趕而坐在花台邊，端著紙碗，大口吸啃著。

他們今天仍然是在一家高級的自助式餐廳裡。太太熟巧地用嘴扭下虾頭，快速吸一口，吐下，再去咬剝筷子夾住的虾殼。

「妳吃虾，一滴也沾不到手。」先生誠懇地稱讚。

說著，他想起一段影片，大鯨魚垂直冒出水面，大嘴一夾，把海水兜包在嘴裡，一擠，水從嘴邊的鬚濾出去，原本在水裡的小虾，就被吞下了肚，不剝殼。

「應該多吃牛肉，結果雞翅吃了一大堆，撐了。」她還在提巴西窯烤。

「親愛的……」先生說：「今天妳啃了兩隻波士頓龍虾、旭蟹、松葉蟹、烤明虾、炸甜虾，無數的汆燙草虾，而心裡念念不忘的，卻是烤牛肉啊？」

「我本來提議今天吃烤肉，是你說這裡海鮮好，硬是要來的。」

先生沒說話，放下餐具，望著對面，有效率啃囓著的女人。想起海產店門口的大水槽裡，養著大對虾，虾終究是要下鍋的，不餵飼料，腸泥自然就清了，處理起來也省麻煩。而玻璃槽裡的大虾，仍然在建構自己處於食物鏈裡的定位，揮舞著幾對小鑷子，夾著看不見的獵物，往口器裡塞。或許還真有什麼，只是人類眼拙，看不見。

「吃烤肉，就沒有這麼多種海鮮，妳不是最喜歡吃虾的嘛。」先生溫柔地說。

「烤肉一定有草虾。」太太駁斥：「人家明明說了要吃烤肉的。」

超市的水槽，按階梯堆放，上層槽中的草虾，發現猛力蹦跳可以跳出界線，跳往另一個「世界」。於是牠跳了！跳到另一個槽裡，一隻明虾，是過去一週僅存的活物，原是那裡孤寂的統治者，突然來了新貨，牠張起了第一對螯足，面對這改變生存結構的外來品種，準備應戰。

有那一瞬間，先生眼前閃爍著一顆大虾頭，兩條長鬚飛飄著，像是台上的戲子，幾對小鑷子夾著更小的虾，依然繁忙地往口器裡塞。

「太鹹了，下次別來了！」太太宣示性地擦擦嘴。

剝橘閒話

那麼好吃的海鮮，因為語音導向，寫成「下」「虫」，好冤哪！

ㄒㄧㄚ

蝦 虾（大陸規範字）

動物名。讀「ㄒㄧㄚ」時，指節肢動物門甲殼綱，長尾，分頭部、胸部、腹部。有薄而透明的軟殼，頭有長短兩對觸鬚，胸有步腳五對，腹部有多環節，每一環節有橈腳一對，生活於水中，種類頗多，都可以吃。因為牠生在水中，應該是魚，卻又長得像蟲，因此篆文中有左邊從「魚」，也有從「蟲」的字形。右邊則是「叚」，除了做聲符用，也指此動物像魚又不像魚，像蟲又不像蟲。

讀「ㄏㄚˊ」時，「蝦蟆」是兩生綱無尾目蛙屬。體型類似蟾蜍而較小，色呈暗褐，背有黑點，善跳躍，鳴叫時作呷呷聲，常居於沼澤邊。「蝦」的右半邊也是「瑕」（斑點）字的省文。

7 字的極短篇

交天大怪

連續假日的高速公路上，老婆塞著耳機，兩個小的在後座，哥哥滑手機，妹妹看故事書。

這個小的讓爸爸操心，八歲時被確診血癌，留在父母身邊的時間不會太多。

令爸爸更操心的，小學二年級時在床底下翻出爺爺的舊物，包括幾本《搜神記》、《鏡花緣》、《山海經》這類的古籍，自此之後，拋開一切當代兒童的喜愛，電玩、網路都幾乎不碰，獨愛端著厚重的書。

「媛……」爸爸叫道：「光線夠不夠？要注意眼睛喲。」

「嗯……」女兒應聲，媽媽撇頭瞄了一眼，哥哥沒反應。

小六女童的手上，捧著《西遊記》。可不是繪本，也不是少年改寫本，而是金聖歎評點，吳承恩原著。

「光！」爸爸叫哥哥：「給妹妹看一下讀書燈？」

「自己不會看哪！」九年級的哥哥已經確定了高中入學，甩開一切書本，全心浸泡在手機連線的各種軟體，誰也拉不動他，誰也無權干擾他。

「爸！」女兒自己出聲：「孫悟空會七十二變？」

「對。」

「觔斗雲，十萬八千里。在太上老君的煉丹爐裡，煉出了火眼金睛。跟東海龍王借兵器，借到如意金箍棒。」

「對。」

「我不想聽！講這幹嘛呀！」哥哥極為不耐，媽媽此時又回頭瞥了一眼。妹妹只作沒聽見，續問道：「他的外號叫『齊天大聖』？」

「對。他自封為『齊天大聖』，後來唐三藏叫他『行者』。」

「這本書好奇怪，為什麼說他是『交天大怪』呢？」

「什麼『交天大怪』？」

「好了啦！」哥哥怪叫一聲。

這段對話無疾而終。小學沒畢業，聰明的女童駕起觔斗雲，遊遁去了。

爸爸坐在女兒的書桌前，翻弄著幾本厚書，一部《西遊記》，是大陸那邊的出版社印製的簡體字版。想著這個古怪女兒，總算沒受許多折磨，這麼愛看書，在同儕間還不知要受多少排擠，不能長大，是否是一種幸運？

信手翻開《西遊記》，剛好是第四回〈官封弼馬心何足，名注齊天意未寧〉，四個字被鉛筆圈起來，一旁打著一個大問號。

「齐天大圣」？

齊 ㄑㄧˊ **齐**（大陸規範字）

使同等、使一致、平整、完備、整治、同時。原指稻、麥向上長得很平整，上方是三枝（三為多數，代指很多的數量）禾穀同時吐穗的模樣，下方同樣長度的兩橫畫指「相等」。

聖 ㄕㄥˋ **圣**（大陸規範字）

在學識或技藝上有很深造詣的人；稱頌帝王或讚揚與其有關的事物。下方的「壬」字，指站在土地上的人，他能以口（字形右上）與耳（字形左上）與上天溝通，代表一個能夠領受上天智慧、超越凡人而通曉天理者。引申為通達事理、政治或宗教的至上者。

「聖」的大陸規範字「圣」，在甲骨文與篆文中原有此字，音ㄎㄨ，是「用手挖土」的意思。《說文解字》云：「致力於地曰圣。」也就是說，「聖」與「圣」在古代的意義跟構形，是完全不同的兩個字。

緊箍咒

戲貳

緊箍咒

（燈光變化完成，呈現出嫩綠的色調，六穀和芥薑二人在場上。）

六穀：你有沒有想過，活著是為什麼？

芥薑：我什麼也不想，我是自由的。

六穀：你的父母？

芥薑：我沒有父母，我是自由的。

六穀：你的妻兒？

芥薑：我沒有妻兒，我是自由的。

六穀：你的朋友？

芥薑：我沒有朋友，我是自由的。

六穀：你的未來？

芥薑：我沒有未來，我是自由的。

六穀：啊？

芥薑：這麼說吧，我雲遊四海，一個人吃飽了全家子不餓。而且，沒有工作、沒有志向、沒有計畫，甚至於沒有願望。

六穀：挺乾脆的。

芥薑：那可不。

六穀：我倒有個小小的願望。我希望再也不用操心吃飯的問題，如果可以的話，我希望我的生活，是吃了又睡，睡了又吃。

芥薑：你這人太麻煩，生活不單純，還得找地方睡覺，太不自由了！我不一樣！

六穀：您怎麼不一樣？

芥薑：我一個人吃飽全家子不餓，所以吃了又吃、吃了又吃、吃了又吃……沒空睡覺了！

六穀：還說你是自由的？還不是受制於吃！

芥薑：看來，這個世界上，沒有任何人是完全自由的。

六穀：每個人的頭上，都頂著一個「緊箍咒」。

芥薑：都成孫悟空啦？這個比方有意思。

六穀：是吧。

芥薑：孫悟空原本是最自由、最不受控管的。偏偏頂著緊箍咒。

六穀：唐三藏一不高興了，就唸咒，孫悟空就頭痛。

芥薑：誰說的？

六穀：大家都知道呀。

芥薑：大家？大家是怎麼知道的？

六穀：口耳相傳，一傳十、十傳百，大家就都知道啦。

芥薑：所以你也是聽說的？

六穀：啊。

芥薑：但是你看過《西遊記》嗎？

六穀：一百回的《西遊記》，從〈靈根育孕源流出，心性修持大道生〉到〈徑回東土，五聖成真〉，我完整地聽說書先生說過。

芥薑：說書？

六穀：我遇見的那位說書先生，兼差賣橘子，跟他買橘子，就可以坐下聽他說書。

芥薑：所以你是聽他說《西遊記》？

六穀：完完整整的《西遊記》。

芥薑：那你剛才所說的「大家」，都聽過完整的《西遊記》嗎？
六穀：我不知道。
芥薑：你可知，在《西遊記》書裡，唐三藏根本只唸過幾次緊箍咒。
六穀：幾次？
芥薑：自己去看，自己算。
六穀：我去問賣橘子的。
芥薑：孫悟空是個有意思的角色。
六穀：是吧。
芥薑：觔斗雲、金箍棒、火眼金睛。
六穀：本事不小。
芥薑：七十二變，拔毛一吹，叫聲「變」！變成各種樣貌。
六穀：本事很大。
芥薑：可以說，孫悟空是一位表演高手。
六穀：表演？
芥薑：外形變了，如果不能配合內在的認知，也演不好。

六穀：有道理。

芥薑：所謂表演，各門各派，山頭林立。舉凡西洋古典戲劇、中國傳統戲曲、世界現代劇場、寫實主義、象徵主義、表現主義、荒謬主義、強調立主腦脫窠臼的李笠翁戲曲表演體系、主張疏離效果的布雷希特敘事詩劇場表演體系、提煉情緒記憶的斯坦尼斯拉夫斯基生活寫實表演體系。等等。

六穀：真是專業。

芥薑：這些都是理論，到了實際應用的時候，才考驗表演者的智慧。

六穀：是是是。

芥薑：排戲，聽導演的。但是到了演出現場，全靠演員的機智。

六穀：對。

芥薑：演員要面對各種突發狀況。

六穀：反應要快。

芥薑：年輕的時候經驗不夠，處理突發狀況也就捉襟見肘。

六穀：哦？

芥薑：好比有一次，我在戲裡有一句台詞，「這年頭，物資這樣缺乏，居然能弄到湖南臘肉，真看不出來，這個千金大小姐是怎麼辦到的。」

六穀：很寫實的台詞。

芥薑：是呀。演了好幾場，我始終對「湖南臘肉」不太滿意。

六穀：怎麼呢？

芥薑：我不喜歡湖南臘肉。

六穀：演戲，跟你個人喜不喜歡，有什麼關係呢？

芥薑：關係大了。要感動觀眾，必先感動自己，我對自己講出來都沒有認同，又怎麼對得起觀眾呢？

六穀：說得好！

芥薑：於是，我就思考，既然我個人喜歡的是廣式肝腸，可以換嘛。

六穀：怎麼換？

芥薑：把「湖南臘肉」，換成「廣式肝腸」。

六穀：差別不大，相信導演有可能會同意。

芥薑：導演？來不及了。
六穀：為什麼呢？
芥薑：已經開演了，我已經在台上了。
六穀：你演出中不專心！偷改台詞？
芥薑：沒關係，先斬後奏。台詞到了，我就說「這年頭，物資這樣缺乏，居然能弄到湖南臘腸……」
六穀：不是「廣式肝腸」嗎？
芥薑：幹！一時嘴快，我說錯了。
六穀：沒關係，至少把香腸的「腸」字給說出來了。
芥薑：廣式肝腸是廣式肝腸，湖南臘腸是湖南臘腸，二者是絕不相同的東西！
六穀：別講究了，先好好演戲吧。
芥薑：雖然廣東和湖南是鄰省，但是兩省的菜系各自發展，分別形成了別具風格的兩大菜系，「粵菜」和「湘菜」。
六穀：好啦！先別想了！你還有後面的台詞。

芥薑：對對對，謝謝您提醒，我還有後半句，「真看不出來，這個千金大小姐是怎麼辦到的。」

六穀：好好說。

芥薑：可是，我被前面的情緒干擾了，突然想不起「千金大小姐」這個詞了！

六穀：你看！

芥薑：「千金大姑娘」？

六穀：不是。

芥薑：「千金大丫頭」？

六穀：沒有這個說法。

芥薑：突然想起導演說的，「當我們在演出中，頭腦遲鈍的時候，要冷靜。」

六穀：要冷靜。

芥薑：「冷靜一秒鐘，憑直覺，脫口而出，往往就是對的。」

六穀：一秒鐘過了，說！

芥薑：「真看不出來，這個千金大姑頭是怎麼辦到的。」
六穀：「大姑頭」是什麼？
芥薑：大姑娘加大丫頭。
六穀：沒聽說過！
芥薑：我又說錯了？
六穀：對。
芥薑：原來的台詞是什麼？
六穀：別管了，往下演吧。
芥薑：不行！我是專業的演員，說錯了就要改！
六穀：怎麼改呀？
芥薑：我又想起導演說的。
六穀：這時候都想起來了。
芥薑：「當我們在演出中，頭腦空白的時候，要冷靜。」
六穀：廢話。
芥薑：「冷靜一秒鐘」……

六穀：一秒鐘很快就過去了。
芥薑：「再給我一秒鐘」……
六穀：兩秒鐘，也過了。
芥薑：頭腦一片空白。
六穀：糟糕。
芥薑：八秒鐘過去了……
六穀：你居然敢在演出中，台上，空白八秒！
芥薑：正所謂「天上一天，人間十年」。
六穀：台上八秒鐘，可以算是一種「永恆」了。
芥薑：不能慌！
六穀：對。
芥薑：慌也沒用。
六穀：沒詞兒了，怎麼辦？
芥薑：我深呼吸，緩緩的走了一步。
六穀：高！

芥薑：是不是！
六穀：別傻在那兒，找點事做。
芥薑：這正是導演說的，「別傻在那兒，找點事做。」
六穀：走了一步，怎麼樣呢？
芥薑：沒怎麼樣，我又走了一步。
六穀：走了兩步，然後呢？
芥薑：三步、四步、五步、六步……
六穀：你在台上繞圈子？
芥薑：不，我走到後台了。
六穀：逃跑呀？

剝橘閒話

俗話說「台上一分鐘，台下十年功。」久在舞台上的演員，誰都有一籮筐的糗事。瞬間僵住，頭腦一片空白，尤其恐怖！猶如一輩子那麼長呀。

（頓。燈光變化，呈現率性的綠色。）

芥薑：好了，回來說孫悟空。

六穀：欸。

芥薑：師徒們往西天取經，來到一處荒山野嶺，大家都餓了，前後沒有人家，到哪裡去化緣呢？

六穀：怎麼辦呢？

芥薑：孫悟空駕起雲頭，看見正南方有一座高山，山坡上有一片鮮紅色的點點。

六穀：那是什麼？

芥薑：桃子。

六穀：怎麼知道是桃子？

芥薑：孫大聖在須菩提祖師座下當學徒，後山的桃子都是他吃的。大鬧天宮的起因之一，也是因為偷吃了王母娘娘的仙桃。

六穀：對囉。

芥蘲：孫悟空最喜歡的就是桃子。

六穀：不會看錯。

芥蘲：大喊一聲，「摘桃子去囉！」竦！飛走了。

六穀：觔斗雲，十萬八千里。

芥蘲：這一下不好。

六穀：怎麼了？

芥蘲：驚動了在山林裡修煉的白骨精。

六穀：「三打白骨精」？這段超精彩，我來說我來說！

芥蘲：什麼你說？明明我正在說！

六穀：我說我說，這段我聽說書先生說過三次，記得超清楚。

芥蘲：這段是我自己在書上看的，根本會背。

六穀：（直接搶說）「好妖精，一看孫大聖不在，就變化成一個妖嬈美豔的弱女子，提著飯盒，開口就說是專程來送齋飯的。沙和尚反應遲鈍，唐三藏覺得怪怪的，豬八戒高興得花枝亂顫……」

芥蘲：白龍馬呢？

六穀：白龍馬是馬，不會說話。（接著說）「剛好孫悟空回來了，火眼金睛，一眼就看穿了，是個妖怪！一棒子下去，打成了肉泥。那妖怪元神出竅，逃跑了，又變成一個老婆婆，來找兒媳婦兒，也被孫悟空一棒打成肉泥。元神又跑了，變成一個老公公，來找老婆。這次，孫悟空請山神、土地在空中攔截，元神跑不掉了，也被孫悟空一棒打成肉泥，打回原形，是一堆白骨，這，就是有名的『三打白骨精』。」

（頓。燈光變化，轉為明亮。）

芥薑：你是聽哪個二流說書先生說的？

六穀：賣橘子的。

芥薑：好好的一回書，你三句話就說完啦？細節哩？

六穀：什麼細節？

芥薑：孫悟空火眼金睛，看得出妖怪，唐三藏看不出來，加上豬八戒從中挑撥，唐三藏冤枉了孫悟空，唸緊箍咒！
六穀：哎呀，這麼重要的情節，我怎麼忘了？
芥薑：世界上充斥著邪惡的氣氛。
六穀：有嗎？
芥薑：一般人感受不到。
六穀：喔。
芥薑：看見妖怪真面目的人也不敢說。
六穀：為什麼呢？
芥薑：怕自己下場不好。
六穀：啊？
芥薑：只好容忍這個世界，「金玉其外，敗絮其中」。
六穀：沒這麼嚴重吧。
芥薑：知道真相的……
六穀：你。

芥薑：百口莫辯。掌控權利的……

六穀：我？

芥薑：冤枉好人。俗氣愚昧的……

六穀：他！

芥薑：搬弄是非。

六穀：見解果然精闢。

芥薑：二流說書，三流聽眾。拾人牙慧，以訛傳訛。

六穀：重來重來！

芥薑：還重來？

六穀：要不，我看這樣，我來說故事，你來表演。

芥薑：啊？

六穀：我口才好，你表演強，演練一遍，到廟會擺個攤，演完了，換頓好吃的。

芥薑：這主意倒不壞！

六穀：說來就來？

芥薑：來！

六穀：「話說，孫悟空一棒子把妖怪打成了肉泥。白龍馬……」（對芥薑）演哪！

芥薑：演什麼？

六穀：我說到誰，你就演誰！

芥薑：好好，再來！

（芥薑按照六穀所說內容，模擬人物樣態。燈光不斷變化，搖滾動感的綠色。）

六穀：「白龍馬……沒有說話。沙和尚……反應遲鈍。唐三藏……唸緊箍咒！孫悟空……滿地打滾！豬八戒……笑得花枝亂顫。妖怪又來了，孫悟空一棒子把妖怪又打成肉泥。白龍馬，沒有說話。沙和尚，反應遲鈍。唐三藏，唸緊箍咒！孫悟空，滿地打滾！豬八戒，笑得花枝亂顫。妖怪又來了，孫悟空一棒子把妖怪又打成肉泥。白龍馬沒有說話，沙和尚反應遲鈍，唐三藏唸緊箍咒！孫悟空滿地打滾！豬八戒笑得花枝亂顫。妖怪又來了……」

芥薑：他是要來幾次？

六穀：孫悟空靈機一動，從懷中摸出兩顆桃子。

芥薑：幹嘛？

六穀：吹了口氣，叫聲「變」！

芥薑：變成什麼？

六穀：變成兩顆橘子。

芥薑：變橘子幹什麼？

六穀：向旁邊一滾……

芥薑：怎麼樣？

六穀：兩個就滾到後台去了。

（燈暗，中場休息。）

字的短篇

烛梦

拉斯維加斯，一個沙漠綠洲上的主題樂園。小金承認，毫無興趣，無論是賭場、秀場、餐廳、樂園，或是購物中心，一概沒興趣。客戶招待的員工旅遊，偏選這麼無趣的地方，她只盼望床鋪乾淨，好好睡個兩天。

巴黎鐵塔的縮小版，這裡的「Eiffel Tower」是個餐廳，正面對百樂宮（Bellagio）酒店前的噴泉，同事們驚呼聲不斷，對著弧形窗外不斷拍照，放肆地扮演觀光客，把名列全美百大美食餐廳裡的其他客人拋諸腦後。

看來，同事們還要玩很久，小金快速喝完那杯 Molly Penny，提出單獨走回酒店的願望。她的室友只說：「回來很晚了，還是會把妳挖醒喔！」

幢幢相連的主題飯店，串連的通道上，是各式各樣的紀念品小攤，千篇一律，真不知誰會買？縱然如此想，眼光還是離不開琳琅閃爍的小禮品、小吊飾、小首飾。有個賣蠟烛的！

這些蠟烛沒有古怪的造型，色調淡雅，外觀平凡，最令小金驚喜的，是沒有頭疼甜膩的氣味。賣蠟燭的是個三十多歲的老墨女人，略略顯露出日後肥臀的傾向，失明的眉目間，還是坦率的拉丁風韻。「手工自製」、「純天然原料」、「高純度植物萃取精華」、「安神定心」、「享受美夢」。簡易的英文，打動了需索睡眠的女人。

快速盥洗，燃烛入眠。

是室友回來了嗎？不知是幾點？烛光迷濛中覺得鄰床有動靜，一絲奇幻的清醒，怪了？沒按鈴，沒鑰匙，人怎麼進來的？

翻身，又是另一番境界。南美的莽林中，絞纏的樹藤間，她站立著與一個陌生的拉丁男人交媾。下著小雨，濕潤的水氣，微涼的膚觸，男人從後頭來，兩手向前環抱，上下摩挲，女人攀著樹藤，向上拉挺高雙乳，放鬆時正好回送了翹臀。男人輕柔地唱著一首陌生的拉丁歌，小金識得其中幾個字眼，包括 sueño，「梦」。她試著在梦中回頭，想要見見這位小哥。男人的薄唇適時送上，深吻了她的雙眼。

「叮咚！叮咚叮咚叮咚！砰砰砰砰砰！」電鈴聲伴隨砸門，表達出等待以久的不耐煩。小金極不情願地，拖著痠軟的雙腿，摸黑到門邊，摸到門燈開關，按一下，隨即開門。

「怎麼這麼慢？」聽似室友的聲音，混濁的咬字，該是喝了不少。

「開門也不順便開燈，睡翻囉。」小金一時間說不上來哪裡不對勁？開燈啦？開門啦？人回來啦！醒啦！沒在作梦啦！但是……

她看不見了！

剝橘閒話

燭，是為了「看見」而發明的物品。夢，尤其是「視覺」的人生現象。寫字時，故意挖去這二字的「目」，燃「烛」而不見，「梦」中亦無視，何苦？

燭 ㄓㄨˊ **烛**（大陸規範字）

火炬、用蠟和油脂製成可燃燒發光的條狀物、照亮、明白。本義為火把，所以左半部從「火」，右半邊的「蜀」為聲符。

夢 ㄇㄥˋ **梦**（大陸規範字）

睡眠時，由於身體內外各種刺激，或者殘留在大腦裡的外界刺激，所引起的景象活動。字形從上到下依序是指：床（爿）上睜開眼睛（目）的人（變形為「冖」，也有一說是指「家裡」），時值晚間（夕）。

燭夢

漫畫／林一先

飛機落地後的第一件事，要先打電話給對方公司的聯絡人，
確認出席的狀況，以及參加人員的部門跟職稱。
Hey! Look!
新增的人員名單要記得補上書面資料。
Did you see…
Oh, my!
再來是核對上星期問卷統計的數量。
還有差旅費的請款……
一切等回到公司就得開始執行！
！

發現工作狂小金囉！
啊！
難得來員工旅遊，妳喝什麼果汁啦⋯⋯
喝酒 喝酒
妳喝太多了吧？
敬拉斯維咖施⋯⋯
真佩服妳這麼盡興，我可是因為認床，連續失眠好幾天了⋯⋯
啊！這裡，這裡！
賭場認識的小芬芬。
Nice to meet you.
Hi⋯
還有這邊的⋯⋯
？
Can I buy you a drink?
Jackyyyyyyyy!

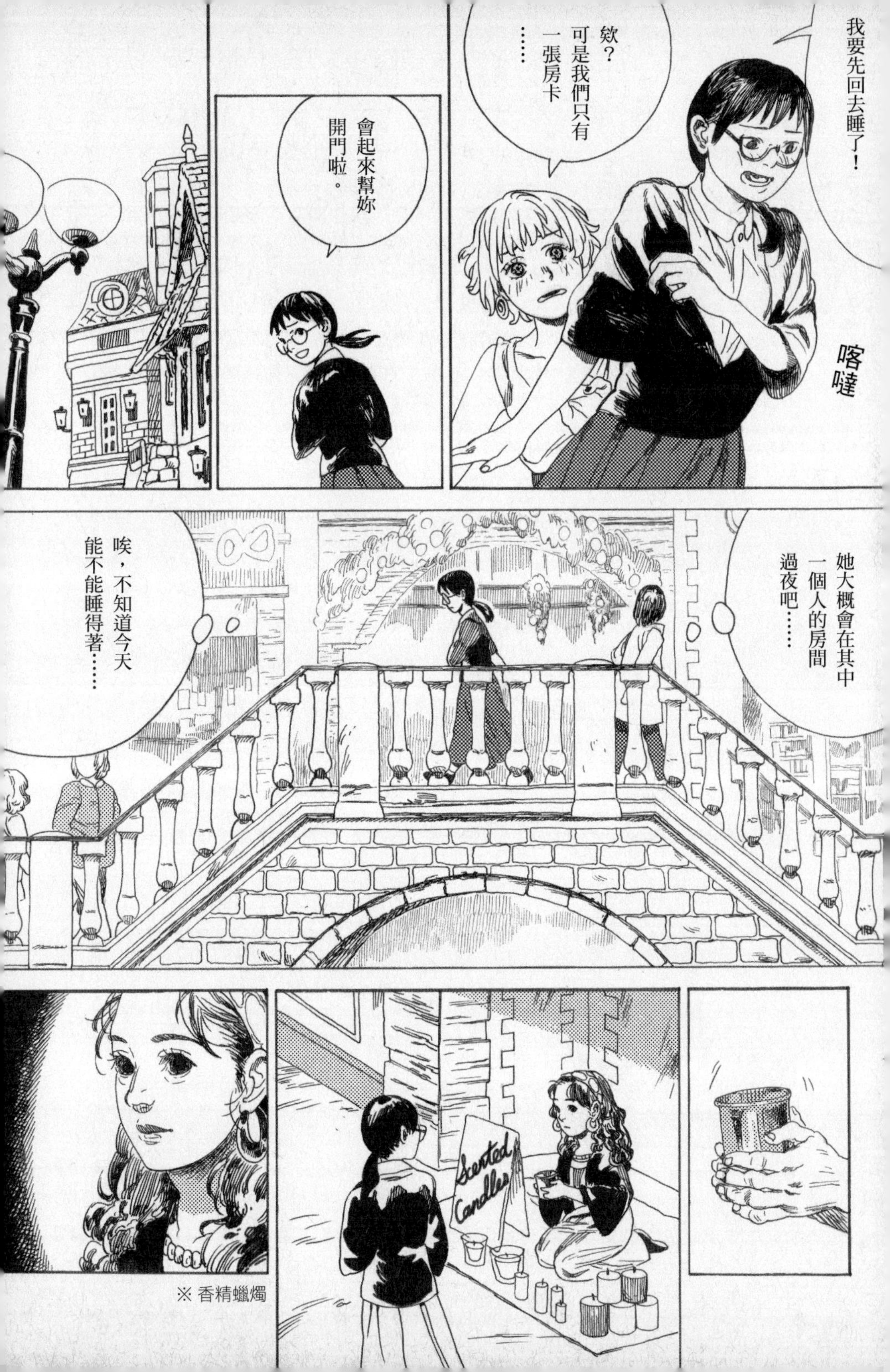
我要先回去睡了！
喀噠
欸？可是我們只有一張房卡……
會起來幫妳開門啦。
她大概會在其中一個人的房間過夜吧……
唉，不知道今天能不能睡得著……
Scented Candles
※ 香精蠟燭

雙眼全盲？
在這裡擺攤
能有多少人
買呢？
如果真有一些
助眠效果就好了。
嗶——
呼——
呼——

世界之大無奇不有，巴國一名年僅十五歲的少女，並沒有罹患特殊疾病，
The REAL STORY
卻在一夕之間，臉上長出如同八十歲老人才會有的皺紋，醫師表示……
哈……
呼——

叮咚！

小金！
？
叮咚
叮咚
叮咚
啊！
來了！
叮咚
開門——！
叮咚
好啦！
等我一下嘛！
我按了好久電鈴，妳都不開！
啊……
501
啊啊啊啊啊啊！

9 字的極短篇

灿烂

一幢原本廢棄的小樓，舉辦一場名為「灿烂」的展覽。

正午豔陽下，阿雄正感到無處可躲，這幢偏離老街的小樓，恰好休息休息。

門關著，阿雄試驗性地敲敲門。「喀啦」一響，有人按開了電子鎖，門內是直通樓上的窄梯，上樓。

樓梯、樓板，都是老木頭，軋軋地響著，採著這頭，那頭也響，不預期的任何角落都會響。走完最後一級，一張海報上寫著展覽主題「灿烂」，但除了這兩個字，一無其他，作者、展期、地點、宣傳字眼闕如。展什麼呀？沒放東西呀？阿雄望著空空一片的二樓。是收攤了吧？

這才注意到牆上，有著小標籤，像是美術館裡貼在作品旁邊的說明。阿雄走近一個，上面寫著「文心」。然而作品呢？是畫？是照片？退後兩步，赫然發現了，是牆上的印記。

不是塗鴉，不是彩繪，是印記，像是強光照射後留下的剪影。有人用這招種水果，在果皮上貼著特定的圖樣、字形，照射陽光後留在果皮上，以期特定的購買需求。阿雄看出來，是個花形，準確地說，是兰花。掌握到要領，就可以欣賞展覽了。「石斛」、「虎頭」、「蝴蝶」，印象中，好像都是兰花品種的名字？有的，像是煙燻的影子，有的，像是火藥炸射後的痕跡，有的，像是把兰花燒在牆上。

但是阿雄偏偏不是植物學家，其實，根本欠缺植物常識，矇看啦。樓梯出口的斜對角，陽光照射進來，阿雄抬頭，直直看見天光，這屋頂是開透了的！下雨怎麼辦呀？實是無關痛癢的瞎操心。

別說其他的參觀者了，管理者呢？剛才有人開門，那人呢？看看沒有三樓，那……是在一樓吧？

展覽說前衛嘛，也未必，有點過度個人化的無趣吧。阿雄趁著無需任何場面話的情境，下樓離去。

來到門外，順手拉上門。一個員警剛好經過。「這位先生，你做什麼？」

「看展覽呀！」

「什麼展覽？這裡半年前發生火警，我們這裡前任的地方官員喜歡放煙火，什麼活動都要放煙火，結果，煙火設計師的助理，偷偷藏了一批半成品，不小心點燃，炸毀了儲藏間，波及旁邊這座小樓房，小樓的主人在陽台上養兰花，付之一炬。新任的鎮長宣布，本鎮永久取消煙火施放。」

阿雄還楞著，員警聲音變大了：「哪有展覽？這裡是危樓，請立刻離開！」

剝橘閒話

「灿」，直三條，「烂」，橫三條。這樣也算寫字？心裡真是三條線哪！

燦 ㄘㄢˋ **灿**（大陸規範字）

光彩鮮明、耀眼。左邊的「火」指亮光，「粲」為聲符。引申為色彩鮮豔、非常清楚的意思。

爛 ㄌㄢˋ **烂**（大陸規範字）

食物熟透而鬆軟、光明、顯著、燒灼、腐敗的、破舊的、紊亂、差勁、過度。本義是食物煮到熟透了而變得鬆軟的狀態，故左半邊是「火」，指用火煮。右半邊是「蘭」，表示音讀。後來楷書把蘭省去草字頭，寫為「爛」。

蘭 ㄌㄢˊ **兰**（大陸規範字）

植物名，分兩大類。一類葉細長而尖，花有清香味的多年生草本植物（蘭花）；另一類是菊科蘭澤屬，多年生草本，葉卵形，對生，邊緣有鋸齒。古人所謂蘭，多指後者（蘭草、澤蘭）。

燦爛

漫畫／林一先

唧—
唧—
唧—
深夜大火 疑似爆竹釀禍
唧—
唧—
唧—
叮鈴鈴鈴……
好熱……

喂？
還要半小時才能到？
啪啦
深夜大火 疑似爆竹
你不早說，
喀啦
我要先上去吹冷氣了。
開到幾點？
我怎麼知道？海報上也沒寫。
你趕快就是了。
啪噠

有什麼味道……
喀啦
花香？
喀啦
喀啦
……
從門外就感受得到冷氣……

請問……
我是來看展覽的……

收了嗎？

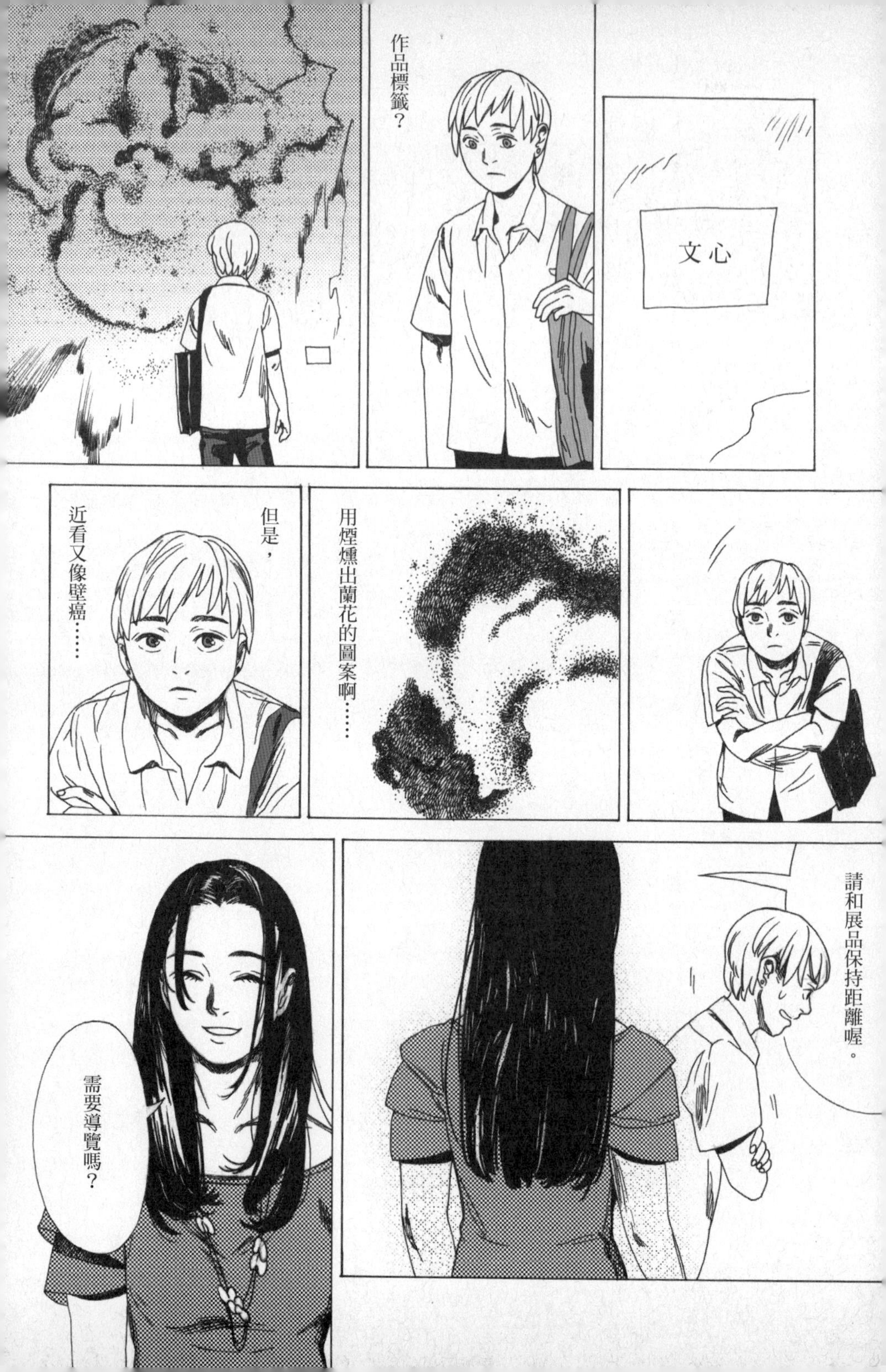
文心
作品標籤？
用煙燻出蘭花的圖案啊……
但是，
近看又像壁癌……
請和展品保持距離喔。
需要導覽嗎？

你……你好。
一個人來？
不，我有約了同學……
同學？
不會是老師規定來看，回去要交報告之類的？
哈哈……
完全說中。
那就麻煩妳解說了。
好的。

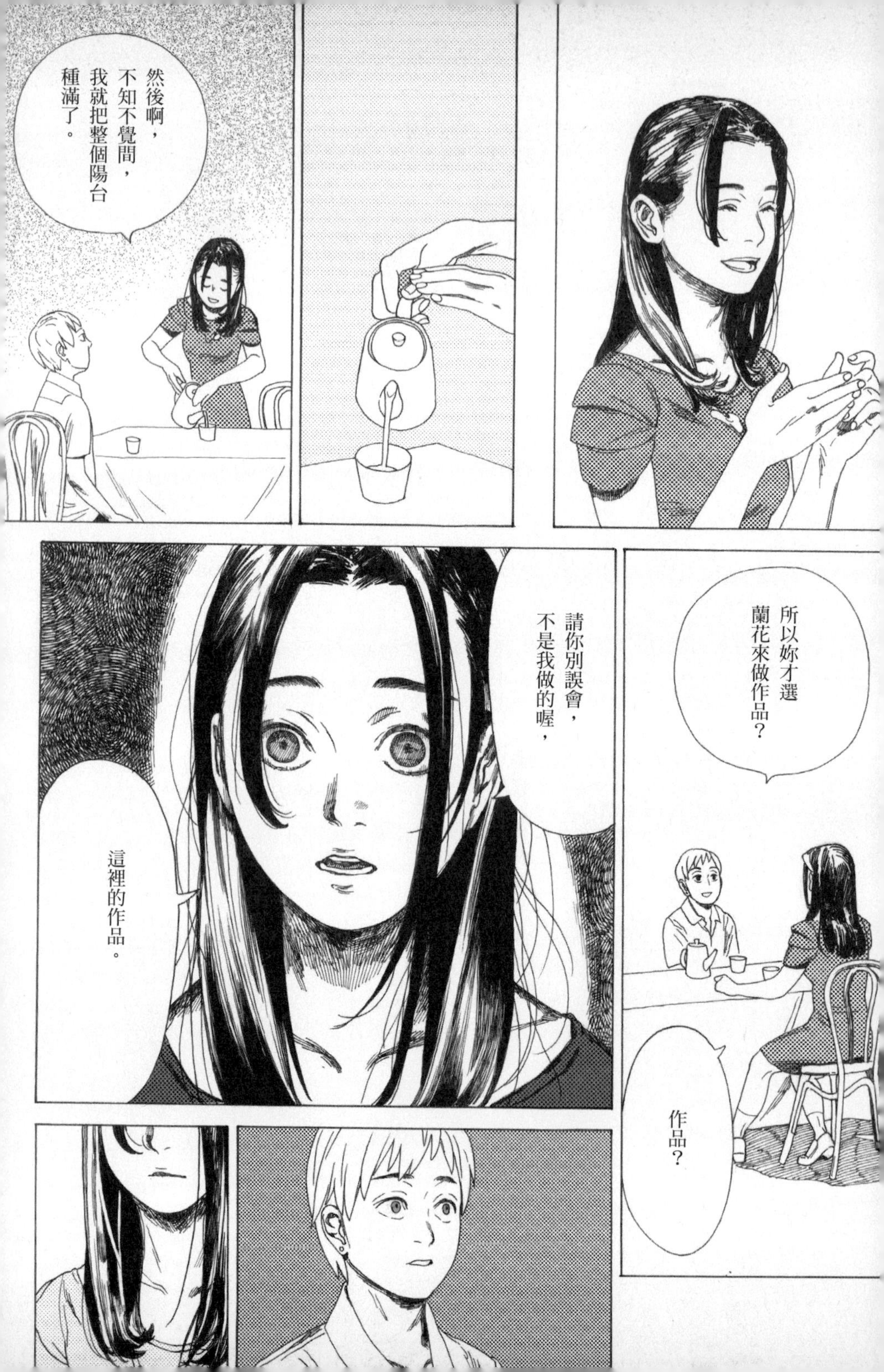
然後啊，
不知不覺間，
我就把整個陽台
種滿了。
所以妳才選
蘭花來做作品？
作品？
請你別誤會，
不是我做的喔，
這裡的作品。

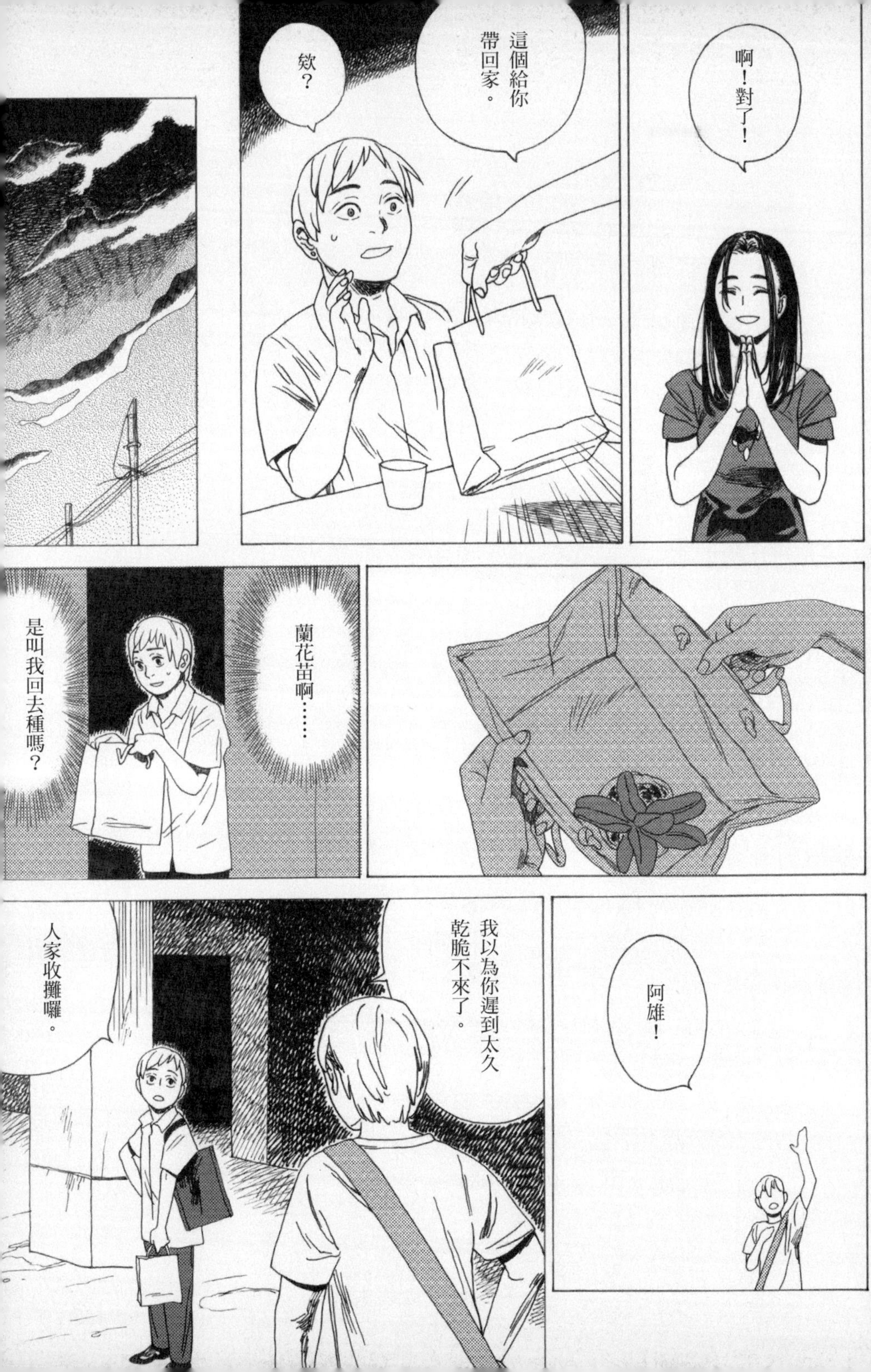
啊！對了！
這個給你帶回家。
欸？
蘭花苗啊……
是叫我回去種嗎？
阿雄！
我以為你遲到太久乾脆不來了。
人家收攤囉。

你剛剛在哪裡啦？
呼
呼
啥？
我在展場找你好久，
手機又不接。
哪裡？不就在這邊上……
面……

什麼？
這怎麼可能？
剛才我……
！
還在……
這是什麼？
我不知道……

蒙汗藥

戲參

蒙汗藥

（中場休息過後，下半場開演。黑暗中伴隨著音樂傳來歌聲，燈光變化，逐漸看到六穀在唱《四時漁家樂》。）

四時漁家樂 韋瀚章／作詞 黃自／作曲

漁家樂，桃花渚，如霧如煙春雨。箬笠蓑衣不覺寒，隨著東風飄去。
漁家樂，蓮花渚，碎玉零珠急雨。青篙鞒縷一輕舟，衝向白雲深處。
漁家樂，芙蓉渚，野鷺輕鷗為侶。蘆汀葦岸僅勾留，明月清風無主。
漁家樂，雪盈渚，兩岸數聲村鼓。人言時節近殘年，管他幾番寒暑。

（歌聲中，芥薑也上場。歌畢，燈光變化，呈現橙橘色調。）

芥薑：什麼東西最好吃？

六穀：樹根柳條最好吃。

芥薑：樹根柳條有什麼好吃？

六穀：樹被砍了，樹根還在，柳葉落了，剩下柳條。慢慢嚼，就有地瓜芋頭的味道。

芥薑：那這麼說起來，是地瓜芋頭好吃？

六穀：說得對，地瓜芋頭好吃。

芥薑：地瓜芋頭怎麼好吃？

六穀：地瓜芋頭烤過了，香軟鬆甜，生吃，清脆可口，不輸給青菜蘿蔔。

芥薑：這麼說，就是青菜蘿蔔好吃？

六穀：青菜蘿蔔好吃。

芥薑：青菜蘿蔔怎麼好吃？

六穀：青菜蘿蔔襯在牛肉旁邊一炒，沾了肉味，或者煮在羊肉湯裡，吸了湯汁，所以好吃。

芥薑：牛肉羊肉好吃？

六穀：牛肉羊肉好吃。牛肉羊肉切成薄片，在翻滾的火鍋裡一涮！那火鍋湯頭是蝦米螃蟹熬的，真好吃！

芥薑：蝦米螃蟹好吃？

六穀：蝦米螃蟹好吃。黃酒鮮活一嗆，醉蝦醉螃蟹，黃藤樹根盛酒，柳條迎秋風。

芥薑：所以，還是樹根柳條最好吃？

六穀：對，還是樹根柳條……怎麼回頭了？

芥薑：你自己說的。

六穀：不對不對！回來說肉！

芥薑：肉好吃？

六穀：凡是肉都好吃！

芥薑：牛馬羊，雞犬豕。

六穀：此六畜，人所吃。

芥薑：啊？

六穀：都好吃。

芥薑：是呀！

六穀：一些平常不太拿來吃的動物，其實各有其美味特色。

芥薑：都有？

六穀：狗啊，貓啊，松鼠、麻雀、蚯蚓、壁虎……

芥薑：行了行了！

六穀：最好吃的……

芥薑：行啦！

六穀：是人肉。

芥薑：啊？

六穀：人肉最好吃。

芥薑：你吃過？

六穀：我好像吃過。

芥薑：啊？

六穀：我聽說有人吃過。

芥薑：誰？

六穀：孫悟空。

芥薑：亂講！孫悟空是石頭裡蹦出來的猴子，向來不吃煙火食，吃桃子、吃香蕉，吃的是胎裡素。

六穀：書上寫的？

芥蘲：書上沒這麼寫，但大家都知道。

六穀：你說的「大家」，都知道「三打白骨精」的細節嗎？

芥蘲：還「三打白骨精」啊？別繞了！

六穀：就在那一回，孫悟空為了辯解，也是向唐三藏說明妖怪的行為特質，就說過「老孫在水簾洞裡做妖魔時，若想人肉吃，便是這等：或變金銀，或變莊臺，或變醉人，或變女色。有那等痴心的愛上我，我就迷他到洞裡，盡意隨心，或蒸或煮受用；吃不了，還要曬乾了防天陰哩。」

芥蘲：好像有這段。

（燈光突然轉為明亮。）

六穀：什麼好像，確實就有。《西遊記》第二十七回，〈屍魔三戲唐三藏，聖僧恨逐美猴王〉，三民書局二〇一四年三版八刷，上冊第二九八頁。

芥薑：連頁碼都背下來了？你不是沒看過《西遊記》嗎？

六穀：是呀，以前沒看過，剛才被你一說，覺得不好意思，所以利用中場休息的時間，刷！就看了一遍。

芥薑：這……

（頓。燈光逐漸轉回橙橘色調。）

六穀：一個人無論吃什麼肉，也就是擔著造業的包袱，但吃過人肉，可就不同了。

芥薑：怎麼不同？

六穀：吃人肉的，就是妖怪啦！

芥薑：對。

六穀：人肉有各種吃法。舉凡吊爐烤、滾水燙、鐵籠蒸、鋼鍋煮。

芥薑：天哪！

六穀：紅燒大腿、汆燙肝腸、三杯屁股、生敲人頭。

芥薑：可以了。

六穀：可以囫圇吞、可以大塊嚼、可以小片咬。

芥薑：嘔！

六穀：最慘無人道的，就是活著啃。

芥薑：怎麼啃？

六穀：活生生的人，直接啃。

芥薑：他不會跑嗎？

六穀：跑不了，一旦成為被啃的對象，都會變得遲鈍，心甘情願的被啃。

芥薑：有嗎？

六穀：那些繳貸款的、繳卡費的、繳利息的、繳保險費的。

芥薑：被活生生的，一層一層的啃。

六穀：生了兒女沒人性的。

芥薑：啃老。

六穀：本來就是個人吃人的世界。

芥薑：滿街都是妖怪。

六穀：最常見的人肉料理，是剁成肉泥，做成包子餡兒、餃子餡兒、丸子餡兒。

芥薑：哪裡常見？

六穀：《水滸傳》。

芥薑：對，《水滸傳》裡，用蒙汗藥把人麻翻了，再來做成人肉包子。

六穀：蒙汗藥是什麼？

芥薑：所謂蒙汗藥，有一說是中國古代醫學，麻醉藥的一種，萃取曼陀羅花的汁液，製成藥粉，混在酒水、食物裡，人吃喝下肚，麻翻了，就任由擺佈了。

六穀：厲害。

芥薑：有幾位梁山好漢，也被蒙汗藥麻過。

六穀：有誰？

芥薑：「金槍手」徐寧、「神行太保」戴宗。「花和尚」魯智深和「及時雨」宋江，差一點都被剁成包子餡兒。最厲害的是武松！

六穀：打虎英雄武松，他怎麼樣？

芥薑：他能聞出蒙汗藥的味道，假裝被麻，就在孫二娘要動手的時候，突然暴跳起來，戳穿她的伎倆。

六穀：所以，蒙汗藥和緊箍咒的道理差不多。

芥薑：怎麼說？

六穀：都是控制別人的手段，弄痛你、弄昏你，在你失去抵抗能力的時候，不情願地被擺佈。

芥薑：你指的是結婚哪？

六穀：啊？

芥薑：沒事。

剝橘閒話

孫悟空是石頭裡蹦出來的，稱得上是吃「胎裡素」，但他有一段妖魔人生，也吃過人肉，不看原著猜想不到吧？

六穀：《水滸傳》，我非常熟悉。

芥薑：《水滸傳》，你也是聽說書先生說的？

六穀：不是。

芥薑：是戲台上演的？

六穀：不是。

芥薑：是自己讀的？

六穀：當然不是。

芥薑：那是？

六穀：是我的親身經歷。

芥薑：啊？

六穀：我，原本是開運鈔車的。

芥薑：啊？

六穀：押送金子的。

芥薑：喔。

六穀：被蒙汗藥麻翻了，弄丟了一批金子，又被人陷害，說我和劫走金
　子的人同夥，不得已，亡命江湖。
芥薑：「青面獸」楊志。
六穀：誰？
芥薑：梁山好漢，「青面獸」楊志。
六穀：「青面獸」是什麼意思？
芥薑：楊志，相貌雖然端正，但是湊巧，有一大塊深藍色的胎記，印在
　臉上。所以叫「青面獸」。
六穀：喔。
芥薑：你不要小看楊志，他的身家大有來頭。
六穀：他是？
芥薑：天波府楊門的後代。
六穀：楊家將的後代？
芥薑：換句話說，他的後代是楊再興，而楊再興的後代是楊鐵心，楊鐵
　心的兒子是楊康，楊康的兒子是楊過……

六穀：誰？
芥薑：算了，別理我。總而言之，楊志的外號叫「青面獸」。
六穀：好好的人，裝什麼野獸？
芥薑：梁山好漢都有外號。
六穀：我知道，梁山一百零八好漢嘛。
芥薑：沒錯。
六穀：三十六天罡，七十二地煞嘛。
芥薑：正確。
六穀：六六三十六，九八七十二，加在一塊兒一共是一百零八。
芥薑：算數很好。
六穀：是不是！
芥薑：請問都有誰呢？
六穀：有……「青面獸」楊志、「金槍手」徐寧。
芥薑：還有？
六穀：「神行太保」戴宗。

芥蘁：以及？

六穀：「花和尚」魯智深、「及時雨」宋江……

芥蘁：都是我剛才講過的。

六穀：武松……武大郎、西門慶、潘金蓮……

芥蘁：唉唉唉！

六穀：不是《水滸傳》嗎？

芥蘁：是《水滸傳》，但是武大郎、西門慶、潘金蓮，不是梁山好漢。

六穀：反正還有其他很多人。

芥蘁：你怎麼這樣？每一個人都活得很辛苦，每一個人都活得很獨特，你就知道三十六、七十二、一百零八，具體是什麼，卻搞不清楚。

六穀：沒關係，不怕，我們用現代人的方法，就叫他們「梁山之光」。

芥蘁：「梁山之光」？

六穀：凡是有功夫、有專長、有特色的人，為梁山爭光，我們就叫他「之光」，四十之光、六十之光、一百之光。

芥薑：裝電燈泡啊？

六穀：梁山之光三十六號、梁山之光七十二號、梁山之光一百零八號。

芥薑：品種編號？是在養豬啊？

六穀：反正我很清楚故事，名字記不全有什麼關係呢？

芥薑：好！那現在，我就來說「智取生辰綱」，你來演！

六穀：我演誰？

芥薑：我說到誰，你就演誰！

六穀：你學我？

芥薑：這叫現世報！（搶說）話說，「托塔天王」晁蓋、「智多星」吳用、「入雲龍」公孫勝、「赤髮鬼」劉唐、「立地太歲」阮小二、「短命二郎」阮小五、「活閻羅」阮小七，和「白日鼠」白勝，定好了計策，要在黃泥岡奪取「青面獸」楊志護送的生辰綱。

六穀：停！到底有多少人哪？

芥薑：梁山七星，加上新夥伴白勝。八個。楊志帶著三個幫手，十一個壯丁。十五個。十五加八，一共是二十三個人。

六穀：聽起來怎麼好像有二三百人哪？
芥薑：每個人都有外號。
六穀：太麻煩了。
芥薑：我管你！我說你演，我說到誰，你就得演誰！
六穀：我？
芥薑：七個梁山好漢，假扮成賣棗的商人，在松林裡乘涼。
六穀：橘子。
芥薑：書上寫是賣棗的。
六穀：我親身經歷是橘子。
芥薑：啊？
六穀：橘子。
（芥薑說，六穀機械化地蹲下。燈光不斷變化，跳躍而活潑的橘色。）
芥薑：好，賣橘子的。「托塔天王」晁蓋，在松林裡乘涼。「智多星」

吳用，在松林裡乘涼。「入雲龍」公孫勝，在松林裡乘涼。「赤髮鬼」劉唐，在松林裡乘涼。「立地太歲」阮小二，在松林裡乘涼。「短命二郎」阮小五，在松林裡乘涼。「活閻羅」阮小七，在松林裡乘涼。你是地瓜呀？

六穀：幹嘛？

芥薑：一個一個蹲，這叫表演哪？

六穀：等一下動手了再說嘛。

芥薑：好，我看你玩什麼。「白日鼠」白勝，挑著扁擔，掛著兩桶酒，上得黃泥岡，嘴裡唱著小調。

六穀：（唱）「赤日炎炎似火燒，野田禾稻半枯焦。農夫心內如湯煮，公子王孫把扇搖。」

芥薑：唱得不錯，跟誰學的？

六穀：不是告訴你，是我的親身經歷嗎？我當場聽他唱的！

（六穀又機械化地舉碗喝酒。）

芥薑：七個假裝賣橘子的，都來喝酒解渴，「托塔天王」晁蓋，在松林裡喝酒。「智多星」吳用，在松林裡喝酒。「入雲龍」公孫勝，在松林裡喝酒。「赤髮鬼」劉唐，在松林裡喝酒。「立地太歲」阮小二，在松林裡喝酒。「短命二郎」阮小五，在松林裡喝酒。「活閻羅」阮小七，在松林裡喝酒。你是在灌香腸哪！

六穀：誰叫你淨挑無聊的段落，要說重點。

芥薑：重點是什麼？

（燈光不斷變化，癲狂的速度，橘色。）

六穀：重點是……（貫口）我護送二百二十二顆大金球，化妝成二百二十二顆大橘子。分裝成十箱，每箱二十二顆大橘子，多出兩顆大橘子。我左邊口袋裝一顆大橘子、右邊口袋裝一顆大橘子，我有兩顆大橘子。

十個猛男，每人扛一箱大橘子，每人就有二十二顆大橘子。
一個猛男，有一箱二十二顆大橘子。
兩個猛男，有兩箱二十二顆大橘子。
三個猛男，有三箱二十二顆大橘子。
四個猛男……

芥薑：好啦！你就一個一個這樣數下去呀？

六穀：十個猛男，有十箱二十二顆大橘子。
我有兩顆大橘子，加一塊兒，一共是二百二十二顆大橘子。

芥薑：說重點！

六穀：泡夜店，去唱歌。（唱）「赤日炎炎似火燒。」我喝酒，被下藥。
十個猛男，拐走了十箱二十二顆大橘子。
伸手掏走了我左邊口袋的大橘子，也伸手掏走了我右邊口袋的大橘子。
搶走了我的兩顆大橘子，一共拐走了二百二十二顆大橘子。

芥薑：原來如此。

（燈光變化，柔和穩定的橘色。）

六穀：我酒喝得不多，所以也就半麻半清醒，追出來追到街上，眼睜睜看見他們開著一輛金龜車逃跑了。

芥薑：金龜車？十個人，塞得下嗎？

六穀：解散了，就一個人，用金龜車裝著二百二十二顆大橘子。

芥薑：其實是金子。

六穀：車窗沒關好，一個急轉彎……

芥薑：小心！

六穀：咕咚！咕咚！掉了兩顆大橘子。

芥薑：快追！

六穀：就是原本裝在我口袋裡的那兩顆。

芥薑：特別有感情的。

六穀：兩顆橘子，滾哪滾、滾哪滾，越滾越遠。

芥薑：追不上了。

六穀：滾哪滾、滾哪滾，我就追呀追、追呀追……

芥薑：啊？

六穀：滾哪滾、滾哪滾……

芥薑：滾下月台了。

六穀：什麼？

芥薑：我想起火車月台上的另外幾顆橘子。您說。

六穀：滾哪滾、滾哪滾……我追呀追、追呀追……

芥薑：能滾多遠哪？

六穀：滾到台北一〇一。

芥薑：啊？

六穀：噹！噹！剛好擊中兩個靜坐抗議的民眾。

芥薑：怎麼會這麼巧？

六穀：市長不高興，就說了。

芥薑：怎麼樣？

六穀：（模擬）「破銅爛鐵……」

芥薑：怎麼樣？

六穀：「政治蟑螂……」

芥薑：在說誰呢？

六穀：「不要惹我生氣！」

芥薑：嗐！

（燈光變化，過場音樂。六穀離場，芥薑留在場上。）

剝橘閒話

把外國訪客送的禮物稱「破銅爛鐵」，把選舉期間仗勢揩油的小人稱「政治蟑螂」。市長的直言，比精心安置的「XX之光」有創意哩。

字的極短篇

10 字的極短篇

宁的困扰

固定早晨七點三十五分，電視又自動開機了，石垣吾郎讀著一篇詩意盎然的抒情文。

「因為思念，而成永恆。」從字幕推敲，大概包括這個意思。宁的日文，是在拍賣網站和日系雜誌上自學的。

這已經是第三天，對一個單身旅行的年輕女子而言，小有干扰。她對父母謊稱到台東，也刻意關閉了聯絡器材，暴跳的男友已不知將怒燄噴發到了穹極！

宁卻是在輕井澤。

計畫到日本獨自旅行，想了很久，終於成行，日籍同學惠子，家人在輕井澤有一幢祖傳的民宿，撥了一個小房間，邀請宁來玩。卻不巧，惠子被派去首爾出公差，已經改不了時間的宁，只得硬著頭皮，用那不到十句的日語，與惠子那一雙篤誠、但半句英文不會的父母，叨扰十天。

既來之，則安之。來輕井澤，沒有房租壓力的前提下，住上近半個月，哪裡再找這麼好的事。大學時，與惠子也算不上知己，慷慨邀請住到林邊水岸的房間，騎腳踏車、竹林健行、逛逛購物中心、吃甜筒形的可麗餅……偷笑吧。

但是，怎麼關掉電視機在早晨自動開機的設定呢？

七點三十五分，電視開機，晨間播放的節目，固定是髮型僵硬、面容平凡、衣著老派、語調刻板的石垣吾郎在讀文章，而且從畫質看起來，像是昭和年間錄製的重播節目。

「相見是奢望，還好，我有記憶，可以思念。」

到了第五天，不願在一早被電視打擾的宁，發了起床氣，碰倒床頭的茶杯，引來惠子的爸爸。可能是基於父親的警覺，歐吉桑急於營救，未獲准許就開了房門衝進來，電視機忽地就滅了。

然而惠子爸爸看到了，從他僵在當場，瞪大眼睛，且沒有對闖入房中有任何致歉話語來判斷，見到電視裡的石垣吾郎，是個震撼。

第十天早上，宁款好了行李，掛著幾天沒睡夠的黑眼袋，向長輩辭行。

惠子爸爸緩慢地說了以下這番話，彷彿慢慢說，盼望宁多少能聽懂。

「石垣吾郎是個電視台記者，因為採訪皇室成員，偶然與某位年輕女眷有了聯絡，他們曾經連袂來輕井澤，就住在我們這裡。然而，基於身分的隔閡，女的嫁給別人，男的心碎了，最後幾天又住在這裡，用攝影機錄下了上百封寄不出去的情書，終於憔悴而死。」

宁大致聽不懂，因為她也無心想聽懂，向惠子的父母深深一鞠躬，告辭了。

剝橘閒話

寧，有人寫成「宁」，擾，有人寫成「扰」，皆挖去了「心」。

寧 ㄋㄧㄥˊ 宁（大陸規範字）

安定、平靜、平息、問安、情願、難道、竟然。字形從上至下依序是：「宀」（居於家中）、「心」（心情、心中的感覺）、「皿」（飯食用器）、「丁」（「頂」的初文，表示篤實）。組合起來的意思為：在家裡安心踏實吃飯的心情。

擾 ㄖㄠˇ 扰（大陸規範字）

亂、因受人招待而表示客氣的話、安撫。右半邊的「憂」，從上至下依序為：「頁」（頭、面，金文略斜，似頭低垂之形）、「心」（心情、心中的感覺）、「夂」（止，趾的原字，指腳步），所以「憂」字意為：心裡愁苦，使頭低垂，腳步也遲緩。加上左半邊的「手」，「擾」這個字就表示「使其憂」的意思。

11 字的極短篇

没人的脸

剛分發到安養中心，小護士難掩興奮，雅芳交接了夜班，第一次巡房。

這個區域，護士們私下暱稱為「花園」，長住著幾位花朵。

走進十三B，瞧見老太太的床邊，坐著一位中年男子。

「對不起，很晚囉，訪客請明天再來。」雅芳不失禮貌地執行任務。

中年男子沒有說話，起身，甚至不算看了護士一眼，表情也不見喜樂。

「我沒有趕你走的意思，其實，還可以再坐五分鐘。」雅芳以為男人不悅。事實上，更多的原因，是自己的因素。雅芳的母親，在她念護校的時候往生，單親獨生的她，幾乎寸步不離病榻。偏偏，母親就在她回家洗澡、換衣服的時候走了，這是永恆的遺憾。

男子嘴角牽動了一下，說道：「沒關係，今天是最後一晚了。」

雅芳的心臟，劇烈地跳動了一下，可能不止一下，但專業訓練讓她快速地壓抑住個人情緒。這個男人，面容俊秀幾近完美，眉宇間透著一股英氣，眼窩輪廓深陷，低垂的眼神卻藏不住眸光，顴骨以下的臉龐，似是美術課的石膏像，向下削瘦，以薄唇、翹下巴作結。略微不整的鬍碴，小斑白的髮鬢，年齡又為他增添了兩分深度。就是髮型顯得老派，左旁分，厚重地梳整到另一邊。

尤其是臉色！白皙得像是歐美民族，透煥著近乎象牙色的容光。

男子續說：「明天不會再來了。」

雅芳望著他離去的身影，小小悵然，這麼帥的熟男，只見這一面呀？為床榻上的老太太整整被單……仔細看看，她不算是「老太太」呀？只因臥床太久，身形、面容走樣，髮質、髮色也沒有照護。那……剛才那個男人看有四十歲了，恐怕不是「兒子」，那會是？

一個小時過去，平靜不多久的工作站頓時忙碌，「老太太」的生命跡象儀器，通報了她的離去。

天快亮時，雅芳正與早班護士交接，聽到護士長說「臥床二十年」、「騎機車未戴安全帽」、「沒有家人可通知」幾個字眼，毫不遲疑地報告了昨夜見到的人。

護士長聽完對這男人的面容描述，肅穆了一下，可能真的只有一下，但以護士長的老練，這小小的一下下，足夠讓剛上任的小護士操心。

「二十年前的車禍，騎車的男孩子當場不治，而女孩子的左後肩膀有一個生動的人脸刺青。上個月，我們發現那個刺青毫無道理的不見了。」

護士長說著，從病例檔案中抽出一張照片，向雅芳遞過來。

「是這個刺青人脸嗎？」

正簡字對看

臉 脸（大陸規範字）
ㄌㄧㄢˇ

在額和下巴之間的面部、面部的表情、面子。從「肉」，指與人體有關，「僉」為聲符。這個字出現得比較晚，本義為眼睛以下、雙頰以上的部位，只指面的一部分，後來範圍逐漸擴指整個面部。又因為臉在人體的前面，引申為物體的前部、表情、面子與情面。

动作

被食用油風暴席捲的一家平價西餐廳，因為老闆處理不當，得罪了新聞媒體，負面報導引發消費者抵制，晚間九點半，只有一位客人還在用餐。而六點鐘來的那三桌，總共只點了七套餐點，七點半結帳走人了。

「湯品的部分，我們建議您先進行一個試喝的动作。」上菜的小妹小心翼翼地說清楚了整句話。

「為什麼說試喝？」客人問道。

「如果貴賓您覺得品項或口味不滿意，又或者覺得太燙或太涼，我們將為您進行一個更換的动作。」

令人唏噓呀！如果一直以來，餐廳服務都這麼貼心，何至於得罪人呢。

「沙拉的部分，我將為您進行一個添加醬料的动作。」

「主菜的部分，我將為您進行一個切開的动作。」

每來一次，服務小妹就播送一次，聽得有些煩了，不像是完全理解、發自意願的話語，完全是背詞兒嘛！客人直問了：「妳花多久背這些？」

小妹僵住了幾秒，被這無關於當前用餐情境的應對堵到了，一番搜尋，找到了實用檔案。「是的，貴賓，本餐廳員工都經過篩選，以及嚴格的員工訓練，並進行三個月以上實習的一個动作。」

餐廳的核心，是食物，搭配的服務，是令人在舒適自在的感受下用餐。過度規劃的語言，製造出多餘的煩擾，抑或不知是為了遮掩什麼？

「妳上班多久了？」

「五……五天……」

「三個月試用期過後，妳有把握會成為正式的員工嗎？」

「我現在就是正式員工，試用期過了，我已經進行正式上班的一個动作了。」

天哪！已經崩壞完畢了，一個年輕人，被進行就業格式化的一個动作了。便在此時，門外進來另外兩個男人，和屋裡的這個客人招了招手。

「我該走了。」他如釋重負地說道。

「甜點和飲料呢？我為您進行一個打包的动作嗎？」

「不必了，叫你們店長，進行一個出來的动作。」惶恐的小妹，找不到應對檔案了，「請問貴賓，您是要使用現金還是刷卡，來進行一個買單的动作呢？」

「誰說要買單了？」他依然維持客人的口吻說道：「妳才上班五天，走罷，叫店長出來，我們要進行一個搶劫的动作。」

正簡字對看

動 ㄉㄨㄥˋ **动**（大陸規範字）

事物改變原來位置或脫離靜止狀態、使用、有所作為、開始做、觸發、感觸、吃、每每、往往。金文的「童」與「動」是同一個字，最上方的「辛」表示罪過；中間從「目」，代指為人頭；下方從「土」，表示站在地上。組合起來是：有罪的人在地上接受刑罰，而這種刑罰通常是馱負重物行走。演變到了金文，加上「力」或「辵」（行走），以強調運輸的狀態。發展至隸書時，確定了右邊的「力」表示動作的進行，左邊的「重」標示讀音。

13 字的極短篇

年年有余

王小二過年，一年不如一年。

早年，一淵深潭，養活一個樂呵呵的漁庄，幾十口人靠著四張大網。縣城裡來了禁令，說休養生息，不准下網了，只可垂釣。吃飯嘴多的，搬走了幾家。王小二就老娘，還有大肚子媳婦兒，撐著。幾個省城的官兒，來這兒遊船，那天還是王小二搖的櫓，走之前說：「山明水秀，大有潛力。」接著，官兒來了一批又一批，也得坐船、也得吃魚。那年，小二的媳婦兒生了個小小子。

於是，原本不住這庄的人也「回」來了，都會搖櫓、都會燒魚。遊人如織。坐船、吃魚。小二的小小子會爬了。

可這潭裡的魚不夠釣，從外鄉買，養在岸邊水籠子裡。絡繹不絕。坐船、吃魚。小二的小小子會蹦，會叫爹、娘、奶奶。就有那麼一年，七月不起風，八月不下雨，九月秋老虎，到了十月，水位下降，潭裡的船搆不著岸。

還來過幾個遊客，也想坐船，但看魚瘦螃蟹小，掉頭走了。

起風了，下雨了，但不見水漲回來。說是龍王移駕，暗渠改道流往別處去了。

淺淺的泥塘下不了網，釣不起魚，撐不開船，卻足夠淹死七歲的小孩兒。

沒了孫子，奶奶食不下嚥，餓死了。

沒了兒子，老婆挨不住餓，逃跑了。

沒了兒子沒了娘，老婆也跑了，王小二一人吃魚，全家不餓。

除夕那天，王小二坐在屋裡，敞著門，看著桌上那條剛燒好的肥泥鰍。決定今天就走的最後一家三口，只是路過，順手抄走王小二的泥鰍。王小二不驚、不怒、不急、不怕，也就無悲、無喜、無怨、無痛，瞅著那張原本有魚的空桌子。

趁著還記得，想想以前的日子吧。天將亮，把剛釣起的幾尾草魚、鯉魚，浸到岸邊的簍子裡。收拾小艇、擺好板凳、搭起遮陽棚，一過中午，坐船的人就要到了，落日前，少說也要跑上五六趟。也搭好岸上的食棚，客人上岸，總要嚐嚐湖鮮，老婆會燒魚、老娘會燒湯，翻個五六桌，桌桌有魚，桌桌有餘。去了頭、扒了鰭、剔了刺，回爐又一鍋，王小二一家，今天能燴白魚肚，明日能嚐鱖魚羹。落日餘暉中，抱著小小子，爸爸一口，兒子一口……

以前年年有魚，有魚總有餘，吃不了的魚，都剩下。一年過去一年，沒了魚，也就不再有餘，無魚無食，只剩下「余」，只怕到明年，還有著一個不死的「余」。

足矣足矣！看看「余」這個字，豈不是「小二」還撐著屋頂嘛！

剝橘閒話

每逢過年，見到某些人家門口，貼著紅紙，上書「年年有『余』」，都不禁為他捏把冷汗。

ㄩˊ **餘** **余**（大陸規範字）

多出、剩下、殘留、將盡、其他、未完。左半的「食」字，上方為嘴，下方是裝滿飯的器具，表示人所吃的飯或其他物，亦或用餐的樣子。右半的「余」，原義為簡單的建築，通常用來存放農資或雜物。因此，「餘」字就有「可食物品多到可以存放」的意思，引申為多出來的東西、時間等義。

ㄩˊ **余** **余**（大陸規範字）

上方為屋脊，下方是屋柱，組合起來指單柱而尖頂的簡單建築。假借為第一人稱。

「正簡字對看」參考來源：教育部重編國語辭典（網站）、中華文化總會：中華語文知識庫（網站）、在線漢語字典（網站）、甲骨密碼（網站）、《漢字樹》一至四集（廖文豪著，遠流出版）

白鰲豚

戲肆

白鬣豚

（音樂聲中，魚容上場。燈亮，淡雅的自然光。）

魚容：「滾滾長江東逝水，浪花淘盡英雄。是非成敗轉頭空。青山依舊在，幾度夕陽紅。」

芥薑：好！

魚容：還沒完呢。

芥薑：嗯？

魚容：「白髮漁樵江渚上，慣看秋月春風。一壺濁酒喜相逢。古今多少事，都付笑談中。」

芥薑：境界很高。

魚容：這一闋〈臨江仙〉，是明朝人楊慎所作。清朝的毛宗崗修訂羅貫中的《三國演義》，把〈臨江仙〉請過來，做為全書的開篇詞。

芥薑：壯麗清秀兼具，好詞！

魚容：國文品評能力明顯進步，加兩分。

芥薑：謝謝。

魚容：你知道這滾滾長江水之中，有一種珍奇的動物嗎？
芥薑：長江這麼長，全長六千三百八十公里，是世界第三大河，僅次於非洲的尼羅河和南美洲的亞馬遜河。尼羅河裡有鱷魚，亞馬遜河裡有食人魚，這長江裡該不會有……
魚容：你的地理資訊不錯，思考方式也很有趣，加三分。
芥薑：謝謝。
魚容：可是怎麼河裡的小動物，都是會咬人的呀？
芥薑：我說的都是真的呀！鱷魚吃了不少埃及人，食人魚也吃了不少印第安人。
魚容：說到重點了！
芥薑：嗯？
魚容：那些外國人，弱！生性膽小脆弱，面對大自然，羞愧懦弱，畏首畏尾，感覺到一點點危險，就什麼都不敢了。
芥薑：哼！
魚容：中華民族！

芥薑：欸！
魚容：是天不怕地不怕的呀！
芥薑：對！
魚容：天上飛的、地上爬的、土裡鑽的、水裡游的……
芥薑：怎麼樣？
魚容：有各種會咬人的動物。
芥薑：是危險！
魚容：但是，天地萬物，不管牠本來怎麼會咬人……
芥薑：嗯？
魚容：都躲不過被中國人咬一口。
芥薑：怕了吧！

（燈光變化，光區縮小，刻意聚焦在故事內容。舞台其他區域陷入黑暗。）

魚容：就說西元二〇八年，漢獻帝建安十三年，曹操帶領八十三萬人馬，奪下荊州。時序進入秋天，蔣幹命令廚房做了一整套的創意料理，端到曹操的船上。

芥薑：曹丞相用膳，一定是最好吃的。

魚容：曹操說（模擬曹操）「蔣幹，你又玩兒什麼花樣？又要餵我吃什麼怪東西？」

芥薑：對，曹操住許昌，在北方，南方的東西吃不慣。

魚容：蔣幹說（模擬蔣幹）「啟稟丞相，此乃江豚套餐。」

（轉回自然光。）

芥薑：我知道「河」豚、「海」豚，「江」豚是什麼？

魚容：江豚，從生物分類學來看，乃是動物界，脊索動物門，哺乳綱，鯨目。

芥薑：也就是和海裡的鯨魚、海豚類似的動物，江豚是生活在淡水裡的。

魚容：對了！而蔣幹請曹操吃的這一種，又是江豚裡最特別的「白鱀豚」。

芥蘁：白「鯽」豚？鯽魚的「鯽」？

魚容：不，既然的既，下面加一條魚。

芥蘁：白「鱀」豚？這個字很少見。

魚容：何止這個字少見？據科學觀察的紀錄，白鱀豚現在恐怕已經絕種了。

芥蘁：啊？

魚容：可是東漢末年，長江中游，以至洞庭湖、鄱陽湖裡都還有很多。

芥蘁：一些珍禽異獸，如今只能在故事裡聽到了。

魚容：我看到一段影片，聽一位動物學家說話，才絕呢！白鱀豚幾年前還沒有絕種，科學家遊說地方官員，訂定保育計畫，地方官員就問了，「白鱀豚？好不好吃？」

芥蘁：這個問法太有民族特色了。

魚容：科學家靈機一動，就說「不好吃」。

芥薑：斷了他的念頭。
魚容：萬萬沒想到地方官員回答得更妙。
芥薑：說？
魚容：「不好吃？不好吃那保育牠幹什麼！」
芥薑：回答得真痛快！

（光區縮小，聚焦在故事內容。）

魚容：還是回來東漢，蔣幹就開始說明了。「啟稟丞相，白鱀豚，這個鱀字，就是我們漢朝的工具書《爾雅》所命名的。牠又叫做長江美人魚，每次只生一胎，懷孕一年才生，五六年才算長成，最多可活三十年。會叫會吹哨，可好玩兒了！腦容量幾乎跟大猩猩一樣，聰明！簡直說吧，就比那荊州水軍將領，蔡瑁、張允二人，還要聰明得多！」
芥薑：這是什麼比喻呀？

魚容：「今天的套餐，有酥炸豚小排、雞火豚翅羹、醬燒豚頸花，以及最珍貴的，清蒸豚腦湯。」

芥薑：最精華的部位都上桌了。

魚容：曹操不吃。

芥薑：怎麼呢？

魚容：曹操是個聰明人，更是個多疑的人，他想「噢，白鱀豚聰明？比蔡瑁、張允還聰明？」

芥薑：是啊？

魚容：「蔡瑁、張允是豬啊！這白鱀豚的豚字，也是豬的意思啊！堂堂我曹孟德，吃豚腦，比豬聰明，我不幹。」

芥薑：這想法……也對。

魚容：蔣幹又勸了，「根據《本草綱目》的記載，雖然江豚又叫做水豚、江豬……」

（轉回自然光。）

芥薑：你等會兒吧！

魚容：怎麼？

芥薑：《本草綱目》的作者李時珍，是明朝人，十六世紀。現在才東漢末年，剛剛進入西元第三世紀，不要亂穿越。

魚容：喲？你的歷史進步哩！加兩分。

芥薑：也沒有啦，劇本是你寫的，我照背就是了。

魚容：所以，您記性好？

芥薑：還可以。

魚容：您跟白鱀豚比，誰聰明呢？

芥薑：你這是怎麼說話呢？曹操不吃，後來江豚給誰吃了？
魚容：蔡瑁、張允。
芥薑：吃豚肉，補豬腦了。

剝橘閒話

一路上的妖怪，都聽信傳聞，說吃了唐僧肉便怎麼怎麼。那麼，非要吃小型動物的輸卵管、大型動物的陰莖睪丸、靈長動物活腦胚胎的您，又以為吃了會怎麼怎麼呢？

魚容：蔣幹對曹操獻殷勤，其實是想讓曹操派他去東吳出任務，當說客。

芥薑：這個事件我很清楚。當時，蔣幹蔣先生，過長江，遊說周瑜，自稱可以憑其三寸不爛之舌，說服他這個老同學投降。

魚容：想得太美囉！

芥薑：周瑜早就料到他的來意，命令魯肅寫了一封假信，周瑜和蔣幹老同學之間聊天的時候，周瑜就假裝喝醉，睡著。（對魚容說）假裝喝醉，睡著。

魚容：我演啊？

芥薑：對。

（頓。魚容假睡、打呼。燈區縮小。）

魚容：（模擬周瑜）「我吃醉了……」

芥薑：（模擬蔣幹）「公瑾……周瑜……看來他是真睡著了！唉！悔不當初，在曹丞相面前誇下海口，說可以說服周瑜，如今遊說不成，回去不免被丞相責罵。半夜三更，我不免來看一支A片吧……」

魚容：啊？

芥薑：（模擬蔣幹）「不是！我不免來看看書吧……欸，有一封信？待我看來。」

魚容：那就是魯肅寫的假信，故意要讓他看的。

（燈光變化，忽而紫、忽而綠、忽而橘。）

芥薑：（模擬蔣幹）「周瑜你好，我們是荊州水軍頭領，蔡瑁和張允。曹操帶領著北方八十三萬大軍南下，我們假裝投降，過幾天，我們就會把他的人頭砍下來，送給你，敬請笑納。最後，敬祝闔府平安，健康快樂，金榜題名，早日康復，Merry Xmas & Happy new year！本期威力彩明牌 123456，第二區是 9。」

魚容：第二區哪有9的呀！這信也太假了吧！

芥薑：（模擬蔣幹）「哎呀！丞相！還好我看到了這封信，不然您的人頭就不保啦！趁此黑夜，把信偷了，快快逃走！」

（魚容模擬鑼鼓經，芥薑走圓場，燈光變化，色彩繽紛。）

魚容：轉一圈就到啦？

芥薑：這叫跑圓場。東吳到荊州，原本三百多公里的距離，跑一圈就到了。剛才我跑的這一圈，就當做是一個正圓，直徑不超過三公尺。直徑乘以 Pi，3乘以 3.14159，四捨五入到小數點前，等於9。剛才我恰好走了九步，每步的跨距剛好一公尺。圓周長9公尺，等於 0.009 公里，300 除以 0.009，等於 33333.3333 除不盡，四捨五入。簡而言之，我在台上的一小步，等於蔣幹的一大步。我每跨一步，就是三十三公里，因此，三百公里的路程，我九步就能走到。

魚容：喔。

芥蘲：「喔」，是什麼意思？你聽不懂？

魚容：沒關係，你說是就是。數學加十分！

（燈光交替變化，時而紫、時而綠、時而橘。）

芥蘲：蔣幹回來，見到曹操了。（模擬蔣幹）「參見丞相。」

魚容：（模擬曹操）「啊！蔣幹，此去東吳，可有收穫？」

芥蘲：（模擬蔣幹）「收穫大了！丞相請看！」

魚容：（曹操看信狀）「啊？蔡瑁、張允來見！」

芥蘲：（同時模擬蔡張二人）「參見丞相，我是蔡瑁……我是張允。」

魚容：（模擬曹操）「啊！你們兩個豬！幹的好事，還不從實招來！」

芥蘲：（同時模擬蔡張二人）「啟稟丞相，我真的沒有貪污……丞相，我真的沒有舞弊……丞相，我真的沒有關說……丞相，我也沒有干涉司法……我沒有喝花酒……我沒有拍裸照……我沒有綁架你的小孩……我沒有上過你老婆。」

魚容：（模擬曹操）「停！誰問你這個！你們兩個豬，啊？想要行刺老夫呀？」

芥薑：（同時模擬蔡張二人，以及曹操）「啟稟丞相，這絕對是冤枉……丞相，這根本是誤會……啊！你們寫的信我已經親眼看見了……唉呀，丞相，寫信？寫什麼信呢？對呀，寫給誰呀？啊！寫給周瑜！唉呀，丞相，不可能啊，我是豬，我不識字啊。丞相，是不可能啊，我也是豬，我根本不會寫字啊。啊！鐵證如山，我看你們還有什麼話好說的！」

魚容：啊！

芥薑：怎麼了？

魚容：我不要演了啦！
芥薑：生什麼氣啊？
魚容：蔣幹你已經先演了！蔡瑁、張允兩個人上來，你一次演掉！曹操留給我嘛！亂演！藝術與人文扣二十分！
芥薑：喔，這麼計較……
魚容：就要。
芥薑：好，丞相請說話。
魚容：（模擬曹操）「啊！推出去，斬！」
芥薑：那麼乾脆？
魚容：（模擬曹操）「啊？蔣幹，這封信從何處得來？」
芥薑：那是周瑜命令魯肅寫的假信，要我偷回來騙你的。
魚容：（模擬曹操）「啊？快點把蔡瑁、張允追回來！」
芥薑：來不及了，他們兩人已經斬首示眾了。
魚容：這麼快？
芥薑：荊州的水岸邊架起高台，兩名刀斧手同時砍下，蔡瑁、張允兩顆

豬頭同時往江邊滾去，沿著下坡，咕咚、咕咚，啪嗒、啪嗒。

魚容：聲音為什麼不一樣？

芥薑：張允比較瘦，滾起來咕咚、咕咚，聲音比較清脆。蔡瑁胖，肥肉一甩，拍打到地面，啪嗒、啪嗒。

魚容：好嘛！

芥薑：蔡瑁雖然豬頭，卻留著長長的鬍子，然而張允更笨，腦容量更小。注意！問題來了！

魚容：啊？

芥薑：重力加速度g，等於9.8m除以s的平方，請問……蔡瑁和張允，哪一顆豬頭先掉進長江？

魚容：這……這……

芥薑：叭噗叭噗！時間到！連這個都答不出來，你也豬頭！答案是，兩個同時掉進去！

魚容：咦？張允瘦，腦容量又小，想必重量輕，應該滾得快一些呀？

芥薑：物理沒有在計算腦容量的。

魚容：那……蔡瑁鬍子長，總有摩擦力吧？
芥薑：說得對，這題有爭議，物理送分！
魚容：啊？
芥薑：兩顆西瓜大的腦袋，滾向長江，滾哪滾，越滾越遠，變成兩顆香瓜，再滾哪滾、滾哪滾，變成兩顆橘子……撲通！撲通！
魚容：掉進長江裡了。
芥薑：落水的時候還是分出了勝負。
魚容：什麼勝負？
芥薑：蔡瑁胖，濺起了水花，而張允小頭銳面，只激起了小小的漣漪，完美，裁判舉牌，得十分！
魚容：還有體育哪！
芥薑：掉腦袋之後，總算獲得了光榮！
魚容：都是蔣幹多嘴，白白害死兩員大將！
芥薑：就是啊。後來又有一件事，也是蔣幹多嘴搞砸的。
魚容：哪一件事？

（芥薑走到台口，態度十分鄭重。）

芥薑：周瑜命令孔明，三天內要造十萬支箭。

魚容：是。

芥薑：結果孔明一天也不慌、兩天也不忙，第三天，找魯肅借小船，在小船外面紮滿了稻草人，趁著長江起大霧，去到江北曹營，命令士兵擊鼓吶喊，假裝偷襲。曹操一時拿不定主意，自以為聰明的狗頭軍師，蔣幹，跳出來大喊一聲「亂箭齊發！」孔明不就輕輕鬆鬆騙到十萬支箭了嗎？

魚容：好奇怪啊，你怎麼這麼清楚啊？

芥薑：這是多麼有名的故事啊。（對觀眾）大家一起說，這個故事叫做……

（觀眾同聲：「草船借箭」。）

芥薑：答對了！

魚容：全體加十分！

（劇終。）

跋

不好意思……

當我們要出電梯的時候，會反射動作說：「不好意思。」

上下公共運輸，為免磨蹭他人的尷尬，也會說：「不好意思。」

在公共場合運送貨品的人，提醒大家注意，會高喊：「不好意思。」

要問路的時候，會說：「不好意思。」

服務生上菜的時候，也會說：「不好意思。」

甚至，在要開口說話、報告的時候，也加個發語詞：「不好意思。」

出了錯，不情願地認錯，說：「不好意思。」

打了人，不得不道歉，以便和解，也說：「不好意思。」

犯了法，不得不在媒體前認錯，以便減刑，也只是說：「不好意思。」

不勝枚舉。一句「不好意思」居然就打通關了？

然而，我年少時代，生活中並沒有這句「不好意思」。並不是當年沒有禮貌，而是語言豐富、層次講究。在不同的需求下，隨口敬語非常繽紛，「請問」、「打擾一下」、「拜託」、「借過」、「借光」、「借一步」、「請讓一讓」、「請小心」、「請注意」、「麻煩您」、「真抱歉」、「對不起」。換成親切的閩南語，也有「歹勢」、「失禮」等常用字眼。因應不同的狀況，語言有不同的詞彙、不同的層次。

我是戰後嬰兒潮的末段生，至少在一九八八年創辦【相聲瓦舍】的那時，「不好意思」還沒有當道。或許，政治解嚴後所面對的世界華文資訊衝擊，正是原因。

周星馳主演的電影，有幾部曾經在同一有線頻道一年重播超過六十次，也就是每週至少一次，觀眾對劇情、人物、台詞已到朗朗上口的程度。諷刺的是，沒什麼人是到電影院去看的，這些電影，人們是盯著電視螢幕看的。

香港方言中，最常聽到的發語詞是「唔該」。眾所周知，這句客氣發語詞，最接近英文的「Excuse me.」，是簡略的、方便的、不講究的、多意涵的。當粵語喜劇片配音成國語時，求其方便，「唔該」被籠統譯成「不好意思」。

電視狂播的周星馳喜劇，如《威龍闖天關》（原名《審死官》）、《食神》、《唐伯虎點秋香》、《九品芝麻官》、《少林足球》、《功夫》……鋪天蓋地！一些新詞語的發端，居然源於電視轉播的香港無厘頭喜劇，轉而成為生活一般用語，你甘心嗎？覺得不可能嗎？請問「小強」一詞是哪兒來的？「圈圈叉叉」、「關門放狗」、「猴塞雷」又是在哪兒聽到的？

《變形金剛》博派老大，日本原名（畢竟是源頭）是「コンボイ」，說穿了也是借用泊來語「Convoy」，大拖車頭的意思。「Optimus Prime」是他的階級稱謂，並非名字。香港人的「柯博文」（或「柯柏文」）譯名，就是基於「コンボイ」、「Convoy」的音譯。可知八〇年代《變形金剛》卡通在台灣播映時，老大的名字叫「鐵牛」？我們的語彙，向「香港化」翻譯毫無自覺地妥協了嗎？

信賴乃至依賴香港式翻譯，也是其來有自，在文化立場上，香港算是台灣的盟友，中華文化的最外層表徵：「正體中文」，香港也有著堅持。港台兩地，是傳統中文書寫的最後淨土。但媚俗者說話無層次、寫字不講究，就是敗壞的源頭，粗略、俗氣，令我們逐漸脫離優質生活的能力，也就失去了深度品味文化的知覺。

周星馳原創有趣，但電視頻道重播無度，觀眾麻木仿習，都令覺察者感到不好意思。

這個世界上，人就分為兩種，一種「會不好意思」，一種「不會不好意思」。曾在香港銅鑼灣見過驚人的景象，一座聯繫多個街口的天橋，跨越繁忙的幾條街，天橋上、階梯上，坐滿了放假的勞工，看面容，多是東南亞各國的人民。越過天橋，得在踞坐的人、他們的隨身物品、飯盒之間找落腳點。一切，彷彿沒什麼不好意思。

畫面拉到當前的台北車站大廳。在假日看見無處可去的東南亞勞工，三五盤坐在黑白方塊的地板上，心頭總是一懍。人家來這兒討生活，幫了許多忙，做了許多我們不想做、不甘願做的工作，對他們的假日活動，卻這麼欠缺方案？台北車站毫無「門面」的示範意味嗎？政府看到外籍朋友成群盤地而坐的畫面，不會不好意思嗎？

我在紐約賓州車站、巴黎北站、日本國鐵東京驛，沒有看過類似的畫面。「民免而無恥」，反正沒犯法，又怎麼樣呢？但這麼一來，又要如何以集體行為來建立文化的信心與驕傲呢？

明知假日人多，擺上幾道長桌、百十張摺凳，就請外勞朋友坐。這是有「德」的政策。不用政府出錢，只要別亂罵大老闆、別把人得罪光，去募，自有人願意送。我既無大權、更無大錢，我的本事剛好就是「出一張嘴」，看看說了之後得要等多久，交通部長？鐵路局長？市長？或那些被市長盯得死死的局處長？哪個來做！

對外勞照顧不周，是政府之恥。那請問我國籍的青年朋友們，你們在外勞未放假的平常日，盤坐台北車站的大廳地板上，或吃便當、或喝飲料、或滑手機、或看漫畫，甚或側躺、箕踞、頭枕在女朋友大腿上……又是基於什麼理由？

我小時候，課本叫做《生活與倫理》，現在小朋友學的，就叫《生活》，都有教吧？無論哪一版本的課綱，都不至於誤導你可以閒坐車站大廳地板吧？是不犯法，但，不會不好意思嗎？

遠流博識網
http://www.ylib.com e-mail: ylib@ylib.com
ISBN 978-957-32-7693-7

綠蠹魚叢書 YLK88

賣橘子的字我解嘲

作者：馮翊綱
漫畫・插圖：林一先
資深主編：鄭祥琳
編輯：江雯婷
企劃：廖宏霖
美術設計：雅堂設計工作室

發行人：王榮文
出版發行：遠流出版事業股份有限公司
地址：臺北市南昌路二段八十一號六樓
電話：（02）2392-6899
傳真：（02）2392-6658
郵撥：0189456-1
著作權顧問：蕭雄淋律師
二〇一五年九月一日　初版一刷
二〇一五年十二月一日　初版三刷
定價：新台幣 280 元（缺頁或破損的書，請寄回更換）

國家圖書館出版品預行編目資料

賣橘子的字我解嘲／馮翊綱著 . -- 初版 . -- 臺北市：遠流 , 2015.09
面；　公分 . --（綠蠹魚；YLK88）
ISBN 978-957-32-7693-7（平裝）
854　　104015481